Zu diesem Buch

Claude Aveline (eigtl. Augéne Atvusin), am 19. Juli 1901 in Paris als Kind russischer Eltern geboren, begegnete im Alter von achtzehn Jahren Anatole France, dem er sich seither literarisch verpflichtet fühlt. So wurde er später auch Präsident der Anatole France-Gesellschaft. Aveline, der psychologische Analysen mit einer realistischen Darstellung sozialer Probleme zu verbinden weiß, schrieb Romane, Erzählungen, Fernsehspiele, Essays, aber auch Gedichte und lyrische Prosa. Er ist Träger des angesehenen Prix Italia. Seine Detektivromane aus dem alten Paris «Der Briefmarkenhändler» (rororo Nr. 5012), «Wagen 7, Platz 15» (rororo Nr. 5171) und «Der doppelte Tod des Frédéric Belot» (rororo Nr. 5591) sind in vielen Ländern außerordentlich erfolgreich.

Claude Aveline

Der Springbrunnen

Kriminalroman
aus dem alten Paris

Aus dem Französischen
von Rolf und Caroline Vollmann

Rowohlt

Die Originalausgabe erschien 1970 unter dem Titel
«Le jet d'eau»
im Verlag Mercure de France, Paris
Die erste französische Ausgabe erschien
1947 bei Emile-Paul, Paris
Umschlagentwurf Werner Rebhuhn

Veröffentlicht im Rowohlt Taschenbuch Verlag GmbH,
Reinbek bei Hamburg, Februar 1986

Satz Sabon (Linotron 202)
Gesamtherstellung Clausen & Bosse, Leck
Printed in Germany
580-ISBN 3 499 15689 x

Für Janette

I

Ich bin bloß noch ein Zivilist, ein hundsgemeiner Bauer, sagte der Oberst voll Zorn zu sich, und ich werde mich nie damit abfinden.

Und anstatt seine Zigarette anzuzünden, machte er sein Feuerzeug bloß an, um die Gestalt zu erkennen, die das Schicksal dazu ausersehen hatte, ihn mit der nackten Anrede «Verzeihung, mein Herr ...» an seine neue, hassenswerte Rolle zu erinnern.

«O Verzeihung, Herr Oberst!»

Im Hauch dieses Ausrufs, wenn's nicht bloß der Wind vom Meer war, erlosch das Feuerzeug. Der Oberst hatte den Unbekannten nicht erkennen können. Aber das machte ihm nichts aus, vorerst war er mit der Welt wieder versöhnt. Er vergaß, das Feuerzeug, das er immer noch vor sich hielt, wieder anzumachen.

«Sie kennen mich?»

Die respektvolle Stimme antwortete: «Wer kennt Sie nicht, Herr Oberst, den Helden von ...»

Er knurrte: «Journalist?» – ungefähr in dem Ton, in dem er zu einem im Wald herumirrenden Soldaten gesagt haben würde: Du desertierst?

«Großer Gott, nein!» rief der Schatten ganz unmißverständlich ernsthaft. «Ich hasse diese Brut!»

«Brut gefällt mir», sagte der Oberst, «aber jetzt lassen wir mal die Redensarten, einverstanden?»

Er machte sein Feuerzeug an, war an dem Gesicht gegenüber aber nicht länger interessiert: er redete.

«Ein Offizier ist niemals ein Held. Wenn er Angst hat, dann ist er ein Feigling, sonst tut er seine Pflicht, das ist alles. Der Tod ist für ihn bloß ein Arbeitsunfall, wie in einem Haufen andrer Berufe auch: beim Arzt, beim König, beim Missionar, beim Akrobaten. Wenn einer aus freien Stücken einer Gefahr trotzt – das ist ein Held! Oder ein Soldat ist ein Held, wenn er gerade Dienst hat. Ja, ein gewöhnlicher Fußsoldat, der kann ein Held sein, aber ein Alexander nicht oder einer von seinem Kaliber!» Und leise schloß er, nur für sich selbst: «Aber das ist immer noch kein Grund, einen wie einen Hund zu behandeln.»

Man hörte das Radio knattern und vorn vom Meer unruhige Wellen. Meer und Himmel waren beide schwarz. Sonst gab es nichts als da auf dem Deck, im Schutz eines Rettungsboots, unsre beiden Passagiere, wie auf einem langen, nackten Strand, erhellt von einigen Laternen und dazwischen Schattenlöcher.

«Es tut mir leid, daß ich Ihr Alleinsein so ...» der Unbekannte suchte nach einem passenden Verb, fand es aber nicht. Er war ziemlich groß und schmal, aber neben dem Oberst wirkte jeder klein.

«Alleinsein? Machen Sie keine Geschichten! Sind Sie müde? Nein? Dann kommen Sie, gehn wir ein bißchen auf und ab, die Kälte vom Meer ist tückisch. Sechs Jahre sind es jetzt, da habe ich Frankreich verlassen, und ich bin sicher, nichts hat sich verändert, gar nichts – bloß ich! Ich hätte da unten bleiben sollen? Das Problem ist, ich wäre denen da zu groß geworden, und da haben die verlangt, daß ich zurückgehe. Sie kennen sicher die Geschichten von Helden, aber diese kennen Sie wohl nicht?»

«Doch», sagte der Unbekannte.

Sie kamen unter eine Lampe. Überrascht blieb der Oberst stehn. Und endlich betrachtete er seinen Begleiter: verbeulter Hut, lebhafte Augen, kastanienbraun, ovales angespanntes Gesicht, kurzer brauner Schnurrbart. Ein Mann um die Vierzig.

«Leben Sie in den Kolonien?» fragte er ihn mit erhobnen Brauen. «Sind Sie Geschäftsmann?»

«Nein, ich lebe in Paris, ich komme gerade von einem Kongreß, ich bin Beamter.»

«Die hasse ich», sagte der Oberst, fügte aber gleich hinzu: «Im allgemeinen wenigstens.»

Der Beamte, der sich schon damit abgefunden hatte, einen unangenehm werdenden Disput abzubrechen, nahm die Entschuldigung an.

Der Oberst fuhr fort: «Schon das Wort! Beamter! In der Armee kämpft man, in der Wirtschaft macht man Geschäfte, an den Universitäten unterrichtet man, kurz, man arbeitet. Und die Beamten – die verwalten! Es muß gar nichts dabei herauskommen, Hauptsache, man verwaltet. Man funktioniert eben. Frag mich nicht, wozu ich da bin, sagte der Kolben zur Lokomotive, ich funktioniere. Nun ja, er hat wenigstens die Entschuldigung, daß er bloß der Kolben ist. Wenn ich Wortspiele nicht verabscheute, würde ich hinzufügen: in der Verwaltung weiß der Kolben noch, was da alles geschoben wird!»

Trocken hüstelte der Oberst ein bißchen, zog aus einer seiner Taschen eine Zigarette und zündete sie am Stummel der alten an. Ein paar Töne der entfernten Musikkapelle erstarben um die Auf- und Abgehenden.

«Sie scheinen persönlich betroffen zu sein», sagte der Beamte, nicht mehr ganz ehrerbietig, aber immer noch höflich. «Ich gehöre zu keiner dieser Verwaltungen, mit denen Sie da ...»

«... was habe ich mich plagen müssen, nur um dahin zu kommen, wo ich jetzt bin! Die abgefeimtesten Hinterhalte der Eingeborenen sind nichts im Vergleich zu dem, was die Verwaltungen sich ausdenken. Da habe ich meinen Krieg verloren, noch ehe ich deren Krieg gewonnen hatte.»

«Unseren Krieg», wandte der Beamte ein bißchen tadelnd ein.

Der Oberst hüstelte wieder. «Es gibt Augenblicke, in denen mich der Haß packt. Sie haben recht, Monsieur. Monsieur ...?»

«Picard, Chef des Sonderdezernats bei der Kriminalpolizei in Paris.»

«Ein Polizist!» rief der Oberst überrascht. Und argwöhnisch dann: «Sonderdezernat wofür?»

«Diebstahl, Einbruch, Gaunereien, Mord – alles, was wir so die Welt des Verbrechens nennen.»

Der Oberst blieb wieder stehen, aber diesmal lachte er. «Und Sie nennen sich einen Beamten! In dem Fall ... in dem Fall bin ich auch einer! Reichen wir uns die Hand, Monsieur! Beamter!»

«Jedenfalls», sagte Picard, «sitze ich den ganzen Tag hinter einem Schreibtisch.»

«Egal. Ich habe da so meine Gedanken. Ein bißchen summarisch vielleicht, aber so ganz läppisch doch wohl nicht. Kommen Sie mit hinunter an die Bar? Die Ehre wollte der Kommandant mir oft erweisen: ich habe abgelehnt. Ich hatte das Gefühl, daß er seine Anweisungen hatte, verstehen Sie? Denn, glauben Sie mir, die werden mich in Marseille mit Fanfaren empfangen! Sie sind doch der Fachmann: Ist es üblich, daß die Mörder ihren Opfern Kronen schicken? Sollte ich alte, geschundene Haut Nutzen haben von so besonderen Aufmerksamkeiten? Kommen Sie, Monsieur Picard. Erzählen Sie mir das bei einem Armagnac. Sechs Jahre lang hat der Offizier nichts als Tee getrunken – aber der Zivilist ...»

Von nun an verbrachte Picard alle Zeit, die ihm neben der Abfassung seines Berichts über den Kongreß blieb, mit dem Oberst. Bisher hatte er berühmte Leute nur unter Mördern und Verbrechern kennengelernt, und er verbarg seinen Stolz über diese neue Bekanntschaft nicht. Wenn wir bescheiden sind, und das war er, und wenn wir uns nicht allzusehr bloß für uns selber interessieren, dann können wir einen berühmten Mann sehr viel rascher kennenlernen als einen gewöhnlichen Bürger: denn wir wissen von seinen Heldentaten, noch ehe er den Mund aufmacht. Picard hatte nie Lust gehabt und deshalb auch nie die Zeit dazu gefunden (er arbeitete sechzehn Stunden am Tag), die intellektuellen Freuden zu genießen, zu denen man, wie er sagte, nur durch Erziehung und Gewöhnung kommt. Aber die gründliche Lektüre der Tageszeitungen und ein Gedächtnis, das immer schon die gesamte Kriminalpolizei begeistert hatte, erlaubten ihm, gewissermaßen als Hobby, die großen nationalen Ereignisse mit Bewunderung zu verfolgen, und er war feinsinnig genug, ein Rugbyspiel nicht auf derselben Ebene zu sehen wie eine unserer großen Taten in den Kolonien. Unbefangen bewunderte er den Nobelpreis, die Académie Française und das Nationale Krebsforschungsinstitut: den Preisträgern und Mitgliedern wäre er bescheiden aus dem Weg gegangen. Die Biographie eines Soldaten mochte schon einiges sein – die des Oberst erregte ihn. Jetzt, in den letzten kurzen Stunden dieses Abstechers in die Sonne, dieser ungewöhnlichen Ferien, konnte er nicht anders: er mußte unablässig verstohlen sein Idol beobachten; wie ein Kind war er erstaunt darüber, eine vertraute Gestalt, die bisher aber bloß in Bildern für ihn da war, leibhaft vor sich zu sehn: die große kräftige Figur, ruhig mit sparsamen Bewegungen, das braungebrannte Gesicht unter grauen Haaren, ernst und schön, die reinste Skulptur, trotz des etwas zu blauen Glasauges. Ein Auge aus Glas und eine Seele aus Kristall, sagte sich Picard. Nun bedauerte er nicht mehr, daß er vor allen seinen Kollegen hatte aufbrechen müssen. Mit einem merkwürdigen Zittern lauschte er den Antworten, die der Oberst auf seine übrigens immer sehr artigen Fragen gab. Sie verhalfen ihm jedesmal zu einem unvorhergesehenen, sozusagen abrupten und deshalb um so außergewöhnlicheren Vergnügen. Wo er eine Anekdote erwartete, nicht mehr, erhielt er ein Bekenntnis, eine halbe Philosophie.

«Sie haben Ihr Auge in der berühmten Schlacht von L. verloren ...» deutete Picard an. «Ein Leiden, das man am Kopf hat», antwortete der Oberst, «gleicht keinem andern Leiden. Man fühlt sich nicht am Körper verletzt, sondern am Bewußtsein, verstehen Sie? Der Schmerz wird zu einem geistigen Problem. Es genügt nicht, ihn zu beherrschen, man muß ihn vertreiben. Sie haben nie Mathematik studiert? Ich auch nicht. Aber ich glaube, daß eine Kopfverletzung so etwas ist wie die Besessenheit eines Gelehrten, der sich täuscht, der das weiß und doch nichts dagegen tun kann.» Picard bestätigte: «Vor X. hätten Sie leicht umkommen können ...» «Ich fürchte mich nicht vor dem Sterben», sagte der Oberst. «Ich glaube an Gott und daran, daß in seiner Hölle genug Platz ist. Man wird schwerlich einen tröstlicheren Glauben finden. Wissen Sie, daß ich in einen Orden eingetreten wäre, wenn ich nicht ohnehin schon Moine geheißen hätte – Bruder Mönch! Aber ich dachte, jeder würde sich darüber lustig machen, da hab ich mich nicht getraut, mit fünfzehn hat man eben seine lächerlichen Hemmungen. Aber im Gegenteil: Bruder Mönch, was wäre das herrlich gewesen! In den Augen der Eingeborenen wäre ich ein lebendiges Zeichen gewesen, eine Verkörperung der Wahrheiten der Religion. Anstatt sie zu bekehren, habe ich sie nun umgebracht. Der Mann ist derselbe, bloß haben Kutte und Uniform die entgegengesetzten Zwecke. Ich bedaure nichts, ich habe gedient.» «Sie sind als erster in die Berge von O. vorgestoßen ...» soufflierte Picard. «Es gibt nichts Erregenderes, als in einem heißen Land den Schnee zu erreichen. Unten zu seinen Füßen kommt man fast um vor Hitze, trotz der Botschaften, die er nachts zu einem herabschickt. Man zweifelt an seiner Realität, wenn man ihn von da unten sieht, er scheint so unwirklich wie der Himmel. Und an dem Tag, als es mir endlich zuteil wurde, meine Stiefel auf ihn zu setzen, konnte ich ihn auch nicht für wirklicher halten, ja, ich glaubte mich verwandelt und Anteil zu haben an der Natur der Engel. Ich hatte Fieber an dem Tag, jede Bewegung ließ mich schlottern, ich hing an meinen Knochen wie an einem Kreuz, und gleichzeitig, ich kann's nicht anders beschreiben, fühlte ich mich als Engel. Alle meine Männer hatten einen übernatürlichen Schein auf den Gesichtern. Drei davon sind gestorben. Und im Augenblick des Sterbens haben sie genauso gelächelt. Schweinehunde, die!»

Picard erriet leicht, wem diese Beleidigung galt. Den einzigen Punkt, an den Picard zu rühren vermied, aus Diskretion und aus verständlicher Verlegenheit, sprach der Oberst selbst sehr geradeaus an. Neun- von zehnmal brachte er die Unterhaltung auf seine gegenwärtige Lage zurück und wurde ärgerlich und bitter. Als Picard am zweiten Abend auf dem Promenadendeck zu ihm sagte: «Sie waren der jüngste Oberst der französischen Armee ...» und sich dabei überlegte, welche unvermutete Reaktion diese Frage wieder auslösen mochte, war die Antwort: «... und der jüngste auch, der aus ihr entlassen wurde! Wissen Sie, warum ich die am meisten verachte? Sie schämen sich! Nachdem sie mich mit einem Tritt in den Hintern rausgeschmissen haben, lecken sie mir jetzt scheinheilig die Sohlen. Der Minister hat mir meine Entlassung in einem eigenhändigen Schreiben mitgeteilt! Ein Prachtwerk von Heuchelei: meine Gesundheit verlange Ruhe, ich hätte erdrükkende Anstrengungen hinter mir ... Den Zeitungen teilte man mit, ich würde mich ‹in Ruhm und Ehre› zurückziehen. Man ist soweit gegangen, mir das Luxusappartement auf diesem Schiff anzubieten! Ich habe darauf erwidert, daß mir meine Mittel nur eine Reise in der zweiten Klasse erlaubten. Aus dem Radio habe ich gerade erfahren, daß man mir das Zeichen eines Kommandeurs der Ehrenlegion um den Hals hängen will. Ich werde antworten, daß ein Zivilist diese Schleife nur zum Frack trägt. Weder als Türsteher noch als Weltmann kehre ich nach Frankreich zurück.» Als er wieder allein war, überlegte sich Picard, durch welches Wunder es hatte geschehen können, daß ihn der Oberst so herzlich annahm. Er fand sich in der Rolle des Vertrauten eines tragischen Helden, der bisher ein riesiges Publikum gewohnt gewesen war, Offiziere, Soldaten, unterworfene oder feindliche Völker – und der, nachdem der Vorhang längst gefallen war, seine alte Rolle weiterspielen mußte und den Zwang verspürte, den Verrat im letzten Akt immer wieder aufs neue zu brandmarken.

In Wirklichkeit schätzte der Oberst ihn aber höher ein, er hatte auch ihn zum Sprechen gebracht. Picards Temperament, am Ende dieser Reise liebenswert und ausgeglichen, bei der Arbeit aber besessen, tüchtig und unbeirrbar, hatte ihm gefallen. Und es bereitete dem Oberst ein finsteres Vergnügen, den ganzen Abschaum der Verwaltung vor einem makellosen Beamten auszugießen und ihn dabei still und nachdenklich zu sehn.

Drei Stunden vor der Ankunft in Marseille kam ein Zimmermädchen zu Picard mit der Bitte, er möge doch beim Oberst vorbeischauen. Der stand raumfüllend in seiner kleinen Kabine, zwischen geschlossenen und offenen Seekisten und Koffern.

«Monsieur Picard», sagte der Oberst von seiner Turmhöhe herab, «ich bin krank. Setzen Sie sich, wenn Sie das hier können. Ich fühle einen unwiderstehlichen Anfall von Fanfarenphobie über mich kommen. Wollen Sie mir Hilfe leisten? Ich verlasse das Schiff an Ihrem Arm, ich erkläre allen diesen Leichenträgern, die mich da erwarten, daß ich mich viel zu elend fühle, um auch nur die allerkleinste Feier auszuhalten, wir springen in ein Taxi, fahren ins Hotel, Sie schieben allein ab zum Zug nach Paris, wo es dann womöglich noch eine Fanfare gibt, und ich fahre morgen früh.»

Picard sah auf der Stelle, welchen Ärger ihm selber dieser Plan einbringen würde. Er antwortete: «Einverstanden.»

Beide trafen sich oben am Laufsteg wieder. Lange Sekunden betrachtete Picard das unbewegliche Profil des Oberst, der auf die Erde Frankreichs hinblickte. Das langsame Manövrieren der Schlepper brachte den Dampfer fast unmerklich dem Kai näher. Abschrankungen hielten die Menge zurück, vor ihnen stand dicht gedrängt und unbeweglich eine Gruppe in schwarzen Überziehern und Uniformen, Polizisten, Zollbeamte und Fotografen daneben. In der Stille, die dem Ende großer Reisen vorangeht, hörte man auf dem Deck das erste Lärmen der Stadt. Picard spürte, wie sich eine Hand auf seinen Arm legte.

«Adieu, Monsieur», sagte der Oberst leise. «Ich kann Sie nun doch nicht mit hineinreißen in diesen Strudel ...»

«Ich bitte Sie ...» sagte Picard.

«Keine Geschichten! Noch einmal danke. Die schönen Augenblicke, die ich Ihnen verdanke, werde ich nicht vergessen. Vielleicht sehn wir uns eines Tages wieder? Zuerst muß ich wissen, was aus mir wird. Das ist was Neues für mich. Ich habe mich oft gefragt, was ich tun soll. Aber was aus mir werden soll ...? Wenn sie wenigstens glaubten, ich sei erster Klasse gereist! Stellen Sie sich das vor, schauen Sie sie an!»

Der Laufsteg wurde zum Kai herabgelassen. Die Meute in Schwarz und Khaki kam angerannt.

2

Obwohl nur 25 Kilometer von Paris entfernt, ist das Dorf Marlieux so wenig angekränkelt von der Nachbarschaft der Hauptstadt, so verwurzelt in der Vergangenheit, so ursprünglich, daß es schwer wäre, seinesgleichen im Innern der Sologne oder des Berry zu finden. Seine so beständige Unschuld verdankt es seiner Entfernung zu den großen Straßen und zur Eisenbahn, vor allem aber dem herrschaftlichen Willen seines Gutsherrn, des Barons Tronchet, der natürlich auch sein Bürgermeister ist, ebenso Departementsrat, Senator, Fabrikant, Rennstallbesitzer, Jäger, Puffspieler. Der Baron verbringt jedes Jahr drei Wochen in Marlieux: man versteht, daß er da keinen Ärger will. Und da ihm als Schutz davor die 37 Hektar Park rund um das bewundernswerte Schloß genau in der Mitte (17. Jahrhundert übrigens) nicht ausreichend scheinen, erhält er sich sein Erbe dank jener persönlichen Durchtriebenheit und dem angeborenen Glück, die beide schon immer der Ausgleich seiner fehlenden Intelligenz waren, bei einem wunderbar gleichmäßigen Schlaf, ohne Träume und Alpdrücken. Auf die absolute Ergebenheit seiner Leute kann er zählen, das weiß er; keiner von ihnen hat jemals hungern oder dursten müssen, jede Bitte um Hilfe ist schon vorher gewährt, und Erstkommunionskleider, Hochzeitsgewänder, Wiegen, Schulstipendien und Grabsteine mit Goldlettern sind die üblichen Geschenke des Schlosses. Als Gegenleistung hat der Gemeinderat jede Eingabe, die auf die Errichtung einer regelmäßigen Kutschen- oder Autoverbindung zwischen Marlieux und dem Bahnhof (4,5 km) zielte, stets abgelehnt. Keinem Hotel, keiner Garage war es jemals gelungen, sich in diesem entzückenden Stückchen der Ile-de-France niederzulassen. Niemand beklagt sich darüber, man weiß, daß sich solche Maßnahmen nur gegen die «Fremden» richten; wer einen Besuch nicht im eignen Haus logieren kann, der kann Zimmer im Café Battin mieten, der Hufschmied ist durchaus in der Lage, die beiden Lastwagen (Metzgerei, Kolonialwarenhandlung) und die drei Personenwagen von Marlieux instandzuhalten, den von Doktor Couard, den der Familie Redoux und seinen eignen, der bei Bedarf auch als Taxi dient. Will eine Familie fortziehen oder stirbt ein alleinstehender Greis ohne Erben, dann kauft der Baron das Haus. Er setzt dann ein junges Paar hinein, einen Dienstboten, der zu alt ist, um noch nützlich zu sein, oder er läßt es verfallen.

Alle Ländereien zwischen dem Bahnhof und dem Dorf gehören ihm. Die Straße führt mitten hindurch, zunächst schnurgerade, dann in einer Folge von Kurven, deren Grund das Auge nicht wahrnehmen kann, deren Anmut es aber genießt. Links reichen die Felder bis an den Himmel, rechts in der Ferne beschirmt sie ein Wald. Geradeaus vor dir fällt das Land mit den Feldern und der Straße sanft ab, dann steigt es wieder bis fast auf die Höhe, von der du gekommen bist; diese weite Wellenbewegung macht, daß Marlieux nun auf einer Hügelhöhe sichtbar wird. Die Straße rafft sich noch einmal auf und hinauf, erreicht mit dem letzten Stück das Dorf, verliert sich zwischen nicht allzu vielen niedrigen Häusern, schroff darüber ein Glockenturm, dann eine nicht endenwollende Mauer unter wucherndem Grün – die Umfriedung des Schlosses.

Ein Spaziergänger ist in zehn Minuten durch Marlieux hindurch. Die Mauer dringt mit ihm ein, begleitet ihn unablässig; in der Mitte ihres Laufs ist sie durch einen Halbmond und ein herrliches schmiedeeisernes Gitter geteilt, der Blick fällt für einen Augenblick auf eine Landschaft wie aus Träumen. Das Schloß bleibt unsichtbar. Rührende alte Häuser haben bis hierher den andern Straßenrand gesäumt. Gegenüber dem Gitter unterbricht dann aber ein zweiter Halbmond ihre Reihe, mit ungeheuren Eichen und wildem Rasen, um von den Schloßbewohnern jeden Gedanken an eine Welt fernzuhalten, die nicht, nun ja: Harmonie wäre. Dann, hinter dem Wächterhäuschen, von neuem die Mauer, von neuem die Häuser, ein bißchen weiter weg jetzt, und immer hübscher und bürgerlicher werdend; und dann der Große Platz, dessen helle Farben kindlich die dunkle und schwere bäuerliche Kirche umgeben. Jetzt noch ein paar Schritte zur Höhe des Hügels. Die Mauer läuft schräg davon, um nicht hinabsteigen zu müssen. Gezogen vom Gefälle des Bodens, senkt sich die Straße zu einer letzten Häusergruppe hinab, einer fast unordentlich ineinander verschobenen, wohl wegen der Abgelegenheit von der lehnsherrlichen Gewalt. Und gleich dahinter ist dann der Wald von Marlieux, eben der Wald, den der Spaziergänger erst unlängst von weitem wahrgenommen hatte. Während er das Dorf durchquert hat, hat der Wald offenbar den Hügel umflutet. Nun liegt er ausgebreitet zu seinen Füßen.

Und nun erkennt das Auge den Alptraum des Barons Tronchet. Fünf große rote Dächer auf einer Linie in gleichen Abständen voneinander zwischen den ersten Bäumen des Waldes. Fünf Anwesen, ein halbes Jahrhundert alt, errichtet vom Vorbesitzer des Schlosses, und dann von ihm verkauft. Fünf quadratische Landhäuser, ohne besonderen Stil, aber von vernünftigem Zuschnitt, versteckt in waldigen Gärten. Seit seinem ersten Tag in Marlieux waren sie dem Baron ein Greuel. Er störte sich weder an ihrer Form noch an ihrer Lage; er konnte ihren Besitzern nichts vorwerfen; aber durch ihre bloße Existenz nährten sie seinen Haß auf die «Fremden». Er vergaß es ihnen nicht, daß sie ihm in diesem Land zuvorgekommen waren, und nannte sie deshalb den «gräßlichen Vorgang». Diese fünf Familien, deren Lebensstil ihm kaum gut genug gewesen wäre für den letzten seiner Schreiber, erregten wilde Eifersucht in ihm, denn sie verdankten und schuldeten ihm nichts. Mit seinen Anwälten hatte er nach Wegen gesucht, sie hinauszuwerfen. Einen einzigen hatte er gefunden, nämlich Geld, das im Lauf der Jahre dreimal erfolgreich gewesen war. Die drei befreiten Häuser hatte er seinen drei Söhnen gegeben. Die kümmerten sich so wenig darum, daß sie bald aussahen wie im Dornröschenschlaf. Bei den beiden letzten verfing nichts. Zum Zeitpunkt des Beginns dieser Geschichte gehörte das eine immer noch der Familie Redoux, das andere dem Oberst Moine. Madame Moine, die Mutter, war vor vier Jahren gestorben, nachdem sie jahrelang allein dort gewohnt hatte. Der Baron hatte unverzüglich dem Oberst telegrafiert: «Gemeinderat Marlieux kondoliert ergebenst aus Anlaß des Hinschieds von Mme Moine, verehrungswürdiger Mutter eines ruhmreichen Soldaten. Nehme persönlich an, daß das Landhaus für Sie eine unnütze Last wird, und bin zum Erwerb bereit. Nennen Sie Preis. Werde Mobiliar auf meine Kosten sicher bei besten Bedingungen aufbewahren, solange Sie wünschen. Erwarte telegrafische Antwort. Gedanken ganz Frankreichs begleiten Sie auf jeder Etappe einer großen Heldengeschichte.» Dieses Kunstwerk war ohne Antwort geblieben. Als Mitglied der Heereskommission empfand der Senator-Bürgermeister an diesem Tage besser als jeder andere die Undankbarkeit des Oberst.

Am Morgen des 9. September, einem Mittwoch, empfing Hubert Mammès, ehemaliger Briefträger von Marlieux, aus den Händen seines Nachfolgers einen Brief, der ihn außerordentlich erregte: «Mein alter Hubert, wenn Du noch lebst, dann hol mich morgen vom 15.15-Uhr-Zug ab, allein und ohne Fanfaren. Du liest sicher noch immer Deine verdammte linksextremistische Zeitung; was sie da über mich gebracht hat, ist aber wahr. Bin weder krank noch verblödet: man hat mir die Ohren abgerissen. Zum Glück schulde ich Deiner Partei keine Dankbarkeit, ich bin für sie nur ein Mittel, gegen die Regierung zu stänkern. Benachrichtige niemanden. Wenn das Haus unbewohnbar ist, schlafe ich bei Dir, oder ich fahre nach Paris zurück, auch wenn mich die 36 Stunden in dieser Versammlung von Hyänen, Pfauen und Flöhen schon wütend genug gemacht haben. Wie werde ich Euch beide wohl antreffen? Bis morgen. Moine.»

Als der Zug zwischen den Feldern erschien, preßte Mammès, im Sonntagsstaat und mit einem ganz neuen gelben Ordensband im Knopfloch, seinen Armstummel ans Herz (bei Vieil-Armand hatte er den linken Arm verloren). Der Oberst stieg aus, ging zu ihm, der sich nicht regte, und umarmte ihn.

«Und Antoinette?» fragte er.

Mammès wollte antworten: es geht ihr gut; aber die Worte blieben ihm im Hals stecken. Er lächelte, blinzelte. Und senkte unglücklich den Kopf: er hatte das Glasauge entdeckt.

«Gott sei Dank», sagte der Oberst. «Niemand da? Gehn wir. Laß das Gepäck, Einarmiger! Du hast mir hübsche Wolken bestellt. Ich kann nicht verstehn, warum man traurige Gedanken Wolken nennt. Sie nur zu sehen, als drohten Regen und Sturm, das wäre so, als sähe man an der Sonne nur den drohenden Hitzschlag. Aber diese kleinen Wolken da! Dieser Himmel ... Ich glaube, ich hatte ihn vergessen. Er ist so sanft.»

Mammès sagte endlich: «Und du, geht's dir gut?»

Die Straße war leer, sie gingen rasch und gut aufeinander abgestimmt, der Oberst mit großen Schritten, Mammès, kleingewachsen, im Waldläufertrab. Die Sonne stach heftig. Mammès erinnerte sich dabei an einen bestimmten Tag, lange Jahre her, 30 Jahre ganz sicher, dieselbe Sonne, dieselbe Jahreszeit, dieselbe Straße. Er hatte Sébastien abgeholt, wie heute, aber mit zwei Armen und in seiner Briefträgeruniform; und Sébastien, der gerade zum Unterleutnant ernannt worden war, trug den Paraderock, der seine Mutter dann so entzückte. Heute ... Schwungvoll hatte er gefragt: ‹Und du, geht's dir gut?› Der Oberst hatte ihn nicht gehört. Er fragte: «Hat sie nicht zu sehr leiden müssen?»

«Oh», antwortete Mammès, glücklich über eine Frage, die ihn wieder zurückholte aus der Größe des Augenblicks damals, «du weißt ja, wie sie war! Sie wollte nie jemandem Schwierigkeiten machen. Hast du meinen Brief bekommen?»

«Ja. Ich hätte darauf antworten sollen.»

«Ach was, du hattest wenig Zeit.»

«Doch», antwortete der Oberst. «Ich hatte nur keinen Mut.»

«Es war ihr Wunsch, daß man dir nicht schreibt, das hab ich dir geschrieben. Sie sagte: ‹Der Arme, er hat genug Sorgen!› Sie hatte etwas Atemnot, aber sonst hat sie nicht gelitten. Ich, der Doktor, Antoinette, Redoux und seine Frau waren bei ihr. Man hat sie selbstverständlich neben deinen Vater gelegt. Das wird gut gepflegt, ich hab Goujon den Flecken übergeben, nicht dem Alten, dem Sohn, der Alte hat den Löffel weggelegt. Ich will dich jetzt nicht mit dem Zeugs von hier belämmern, das wird Antoinette schon machen. Die fressen eben immer alle noch Disteln, damit der Herr Baron sich nicht sticht.» Mammès hob den Kopf und sah den Oberst an. «Hast du sein Telegramm bekommen?»

«... Und ich hab den Mut gehabt, ihm nicht zu antworten, mit Rücksicht auf deine Kolleginnen bei der Post.»

«Ich weiß nicht, was er dir hätte anhaben können», sagte Mammès grinsend, «aber ich kann's mir vorstellen, ich lese seine Reden. Dir verdanke ich's, daß er mich in eigener Person besuchen kam, mich, den einzigen Abonnenten des *Prolétaire* in Marlieux! Er nannte mich ‹mein lieber Mammès›! Hab zu ihm gesagt: ‹Môssieu, wenn der Oberst verkaufen will, wird er nicht gerade mich darum fragen.› Er hat zu mir gesagt: ‹Sie haben doch so was wie Einfluß auf ihn ...› Ich konnte nicht anders, ich hab ihm ins Gesicht gelacht, da ist er kollernd abgehaun und hat gesagt: ‹Na schön, dann telegrafier ich eben selber!›» Mammès wurde wieder ernst. «Ich hab nie Einfluß auf dich gehabt, Sébastien, und ich bedaure das. Du siehst, was dir passiert ist, und das mußte ja so kommen. Ein verfaultes Regime nutzt saubere Männer wie dich für seine schweinischen Machenschaften aus, und wenn es gekriegt hat, was es wollte, dann verschaukelt es euch! Aber du hörst mir natürlich nicht zu ...»

In selten schönes Licht getaucht, lag Marlieux auf seinem Hügel. Der Oberst ging darauf zu und wandte den Blick nicht ab. Er dachte laut: «Ich war drei Jahre alt, nun bin ich dreiundfünfzig. Alles ist wie immer, unverändert wie eine Kirchturmuhr, auf die man jeden Tag zur selben Stunde sieht. Anderswo hab ich mein Leben gelebt, und hier ist es mittlerweile zerronnen.»

«Hervorragend», sagte Mammès verdrossen, «du hast mir wirklich zugehört.»

«Das habe ich!» schrie der Oberst wild. «Das habe ich! Du bist der einzige in der Welt, dem ich sogar zuhöre, wenn's um Politik geht! Und Gott weiß, daß du räsonierst wie eine Rübe!»

Und er erging sich in Überlegungen, auf die Mammès schon ungeduldig gewartet hatte, weil er nämlich fürchtete, sie könnten sich geändert haben unter dem Schlag, mit dem der Oberst in Ungnade gefallen war. Aber als er die vertrauten Züge seiner alten Feinde wiedererkannte, diese zufriedenen, gediegenen, da ließ auch er sich hineinreißen in den Zorn. Ihre Stimmen hallten über die Felder. Sie kamen ans Haus des alten Briefträgers, das zweite in der Großen Straße, ohne dessen recht inne zu werden. Der Oberst öffnete die Tür ohne Nachdenken wie nach einem kleinen Spaziergang und trat rückwärts ein, damit er Mammès besser im Auge behielt.

«Ah!» rief Antoinette glückstrahlend aus. «Ihr zankt euch immer noch!»

Und dann sprang sie ihm an den Hals.

Während Mammès, nachdem er den Rock abgelegt hatte, zwei Gläser mit gutem leichtem Rosé füllte, begann Antoinette zu sprechen, und wenn sie das tat, dann hatte sie nicht die Absicht, so schnell wieder aufzuhören. In allen Einzelheiten beschwor sie die Krankheit und den Tod der guten Madame Moine herauf. Vorgebeugt, die langen nervösen Hände gegeneinandergepreßt, hörte der Oberst ihr zu, mit demselben Gesichtsausdruck, mit dem er Marlieux betrachtet hatte.

Ich höre dir gut zu, dachte er im stillen, mir entgeht kein Wort von dem, was du sagst, liebe Antoinette, dank dir erfahre ich jetzt endlich die wohl wichtigste Geschichte meines Lebens. Aber für mich ist das nurmehr ein Bericht. Mein Herz ist jetzt in meinem Auge, auf deinem Gesicht, Antoinette, bei dem, was mich darin an das Gesicht deiner Mutter erinnert, als sie so alt war, wie wir beide jetzt geworden sind, und als sie mir zurief: ‹Stehst du schon wieder so tief im Wasser, wirst noch umkommen!› In dir sind meine Eltern, denen du zwanzig Jahre lang gedient hast, meine Mutter, deren Alleinsein du dreißig Jahre lang geteilt und der du die Augen geschlossen hast. Nicht einen Tag lang mußten die beiden allein sein. Du verkörperst meine Liebe mehr als ich selbst, du verkörperst mich selbst mehr als ich. Und mit uns wird alles zu Ende sein.

Antoinettes Gesicht verschwand vor seinen Augen, er sah nur noch Marlieux, preßte die Hände noch stärker aneinander und betete.

«Wie konntest du schreiben, daß das Haus unbewohnbar ist, Sébastien!» sagte Antoinette mit unterdrückter Empörung, als sie ihren Bericht beendet hatte. «Kein Simslein hab ich verkommen lassen, ganz als lebte Madame. Im Garten ist kein einziges Unkraut, der junge Goujon ...»

«Alle sind also auf dem laufenden?» sagte der Oberst verdrießlich.

Mammès zuckte die Schultern.

«Du glaubst doch nicht, daß der junge Goujon seit heute früh, als er deinen Brief kriegte, einen Urwald in einen Lustgarten verwandelt hätte? Die Einfalt aus den Kolonien ...»

«Hubert!» unterbrach Antoinette ihn.

«Was heißt hier Hubert! Wir kennen uns, seit wir fünf sind, wir beiden, Sébastien ...»

«Aber ich auch!»

«Ich kenne ihn besser als du, glaub mir das, und respektieren tu ich ihn auch mehr!»

«Ja, wenn es so ist ...» sagte Antoinette niedergeschmettert.

«... ja, bis auf die Politik. Und was die Leute angeht», sagte Mammès und knüpfte da an, wo der Oberst aufgehört hatte, «wofür hältst du mich denn? An dem Tag, an dem ich in der Zeitung so gewisse kurze Anspielungen las, bin ich zu Goujon gegangen und hab zu ihm gesagt: ‹Wenn ganz zufällig der Oberst mal hier vorbeikommen sollte, muß er dann unbedingt glauben, schon wieder im Busch zu sein, oder?› Seitdem wird alles instandgehalten.»

«Gib mir ein Glas Wein, Antoinette», sagte der Oberst, «ich hab Durst.»

«Die Redoux haben mich natürlich gefragt, was das bedeuten soll», fuhr Mammès fort. «Ich hab ihnen dasselbe gesagt. Denn da gibt es eine Affäre mit den Redoux, die du wissen solltest ...»

«Du machst reichlich Umstände für eine so einfache Sache», erklärte Antoinette, die sich noch rächen mußte. «Sébastien wird das besser als jeder andre verstehn. Nicht weil er schon wüßte ...»

Mammès unterbrach seine Frau. «Ich nehme den Ausdruck

‹Einfalt› zurück», sagte er zum Oberst: «Du warst nie verheiratet.» Und mit Bestimmtheit: «Was den Redoux zugestoßen ist, geht nur sie an. Sie sind dadurch sehr unglücklich geworden. Fernand soll es dir selbst erzählen, wenn er dich sieht. Muß man ihm doch überlassen, oder?»

«Gibt doch keinen, der's nicht schon weiß», sagte Antoinette. «Die ...»

Mammès erhob sich. «Noch ein Wort, und mit meiner einzigen Hand kleb ich dir eine, du kannst dir aussuchen, auf welche Backe. Das wäre das erste Mal, aber jetzt hab ich genug durchgemacht!»

Antoinettes gutes, rotes und schon etwas faltiges Gesicht spannte sich. «Nordwind», sagte sie.

«Ich werde sie sehn», sagte der Oberst, «ganz sicher werde ich sie dann sehn. Aber heute werde ich erst durchs Dorf gehn, wenn es dunkel geworden ist.»

Antoinette lief zum Herd. «Ich rede immerzu, und ihr kriegt nichts zu essen, ihr Armen!»

Und sie kriegten zu essen. Der Oberst sein Leibgericht: Omelette, Schwenkkartoffeln, Salat, alles zusammen; seit seiner letzten Mahlzeit mit seiner Mutter hatte er das nirgendwo mehr bestellen können oder wollen. Um zehn Uhr, als sie sicher sein konnten, daß niemand mehr sein Haus verlassen würde, gingen sie los. Der Mond von der Seite beleuchtete die Mauer und die Häuser und warf ihre ungleichen Schatten auf die kalte Straße. Ohne ein Wort zu wechseln, überquerten sie den Platz und kamen zum Waldrand. Dort ging eine kleine Straße rechts ab zu den fünf Häusern. Unbewegliche Stille, darüber nur ein leichtes Regengeräusch, oder mehr eine tropfende Klage, ungleichmäßig und kraftlos, wie von einem, der sich selber beklagt, doch unaufhörlich. Der Oberst flüsterte Antoinette ins Ohr: «Der Springbrunnen.»

In ihren Gärten hinten schienen alle Häuser wie tot. Das zweite war das der Redoux. Oder sollte man das für Leben halten: diese Folge dünner Tränen, dies fließende Wehen in den Zypressen oder Friedhofspappeln? Der Oberst fand, daß er das noch nie so gehört hatte. Das kommt daher, dachte er, daß der Springbrunnen sonst schwieg, wenn es dunkel wurde. Antoinette murmelte: «Da sind die Schlüssel, Sébastien.»

Das dritte Gittertor.

«Willst du, daß wir uns hier verabschieden?» fragte Mammès.

«Ja», sagte der Oberst.

3

Er machte Licht im Flur, ging in sein Zimmer hinauf, machte dort nur die Nachttischlampe an, zog sich rasch aus und blickte dabei wie gebannt auf die Tür, hinter der keiner mehr schlief. Als er dann einen Schuh auszog und ihn mit ängstlicher Sorgfalt unter den Nachttisch stellte, durchfuhr ihn Antoinettes Bericht plötzlich wie ein Säbelhieb vom Unterleib bis zum Kinn, und ein schwindelerregender, feierlicher Schmerz explodierte in seinem Schädel. Er legte seine Hand auf sein Glasauge und durchlebte noch einmal den ersten Schmerz seiner Verwundung. Durch die Ritzen der Fensterläden – das Fenster war weit geöffnet – drang der kräftige Duft vom Wald zu ihm hin. Er stand auf, um ihn mit ganzer Kraft einzuatmen. Der Lärm und der Schmerz beruhigten sich, sie machten einer ungeheuren Müdigkeit Platz und dem Murmeln des Springbrunnens. Das Leben ein Traum? Nein, antwortete er sich, das ist ein verlogenes Symbol und ein schlechtes Wortspiel dazu. Im Gegenteil: eine wilde Wucherung ist das Leben, ein täglich unentwirrbarer werdendes Knäuel von schlangengleich gewundenen Lianen, von Riesenfarnen und monströsen Kakteen. Dies Krebsgeschwür muß man ertragen. Wie lange wohl? Er hatte jetzt den schmerbäuchigen Leib und die schwanzartige Nase des Ministers vor sich, der sich vor ihm verneigte und salbungsvoll und mit entrüsteter Bekümmerung wiederkäute: ‹Herr Oberst, diese Untat, diese Ungerechtigkeit!› Noch einmal stieg die Wut in ihm auf und schwand dann. Ja, dreiundfünfzig Jahre alt, keinen Millimeter kürzer als mit fünfundzwanzig, dieselben Muskeln, dieselbe Kraft, alle Zähne, die noch beißen wie immer, nur ein Auge zwar noch, aber das langt, um alle Seelen zu durchdringen, dasselbe Gehirn, derselbe Glaube – und dann dies. Der Berg von Briefen kam ihm in den Sinn, den er tags zuvor erhalten hatte, von Verwaltungen, die ihn als Berater gewinnen wollten, von Zeitungs- und Zeitschriftenherausgebern, die persönliche Meinungen oder technische Studien von ihm verlangten, von Verlegern, die sich seine Memoiren wünschten, von Vereinigungen, die ihn als Mitglied oder Vorsitzenden wollten: Clownskleider alles, nur verschieden bunt, die er dann durchs Hotelzimmer verstreut hatte. Als er wieder im Bett lag, die Lampe gelöscht hatte und sich wieder in den Bettüchern seiner Jugend und seiner ersten kriegerischen Träume fand, sagte er sich: Jetzt zum erstenmal stellt sich wirklich die Frage der Tapferkeit. Wird es dem Oberst Moine gelingen, hier zu leben? Nicht bloß als Offizier im Ruhestand, sondern als Zivilist, als Mensch im Ruhestand? Nicht ein Viertel meiner Bücher hab ich bisher lesen können, wissenschaftliche Sachen gar nicht gerechnet! Aber Lesen ist eine Oase, und wo ist für mich dann die glückselige Wüste, in der man sich schlägt, in der man schläft, in der man lebt? Und Nachdenken? Ich will dies nach rückwärts gerichtete Denken nicht, dies Denken ohne die Münze der Tat. Ich hätte bei L. sterben können ... Und schwächlich hat man dies Kind gefunden, und dann: dies Kind wird nicht lange leben! Hinter gesenkten Augenlidern sah er den beunruhigten Blick seines Vaters, hörte ihn sagen: ‹Ich hab dir verboten zu rennen, du bist in Schweiß gebadet ...› Seinetwegen, als er drei Jahre alt war, hatte man sich in Marlieux niedergelassen, er konnte sich an nichts aus dieser Zeit erinnern. Vielleicht ein bißchen an das Gesicht von Elodie? Nein, das war ja viel später – vielleicht an das von Antoinette. Nein, wirklich an nichts. Aus einem Abgrund taucht man auf und verschwindet in einem Abgrund. Und doch nicht: der Himmel. Den gab es fünfzig, schon fünfzig Jahre lang. Dies Kind, so alt, wird nicht sterben. Mein Vater ist mit sechzig gestorben: noch sieben Jahre. Meine Mutter ist mit zweiundsiebzig gestorben: fast zwanzig Jahre, großer Gott! Nein, nicht zwanzig Jahre, bloß das nicht. Er schlief ein.

Am Morgen riß ihn ein Motorengeräusch in der Nähe aus dem Schlaf. Er fuhr auf und blickte auf die hellen Fensterläden, dann auf die schönen strengen Möbel, die im Schatten leuchteten. Ein

Gittertor knirschte nicht weit weg über Kies, ein Wagen fuhr geräuschvoll drüberhin, entfernte sich, das Ohr folgte ihm hinauf durch das Dorf. Ah, Fernand und Pierre fahren nach Paris! In der wiedergekehrten Stille dachte der Oberst einen Augenblick lang an das Geheimnis, hörte dem Springbrunnen zu, sah nach der Zeit. Acht Uhr schon! Er sprang aus dem Bett, griff sich wie selbstverständlich seinen Morgenmantel, der seit sechs Jahren im Schrank auf ihn gewartet hatte, und ging ins Eßzimmer hinab. Antoinette erschien unter der Küchentür.

«Du bist ... Sie sind da», sagte er lächelnd.

«Seit sieben, wie immer», sagte sie. «Ich bringe Ihnen den Kaffee.»

Sonnenbeschienen die allzu große Tafel, die zwölf Stühle, das silberne Tafelgeschirr. Antoinette hatte dem Oberst am Platz seiner Mutter gedeckt. Sie stellte sich vor ihn hin, während er frühstückte.

«Jetzt sind Sie der Hausherr», sagte sie. «Hoffentlich brauchen Sie mich noch, sonst wär ich untröstlich. Aber eine Kleinigkeit muß geklärt werden, Mammès und ich haben gestern abend darüber geredet. Ich kann nicht mehr Sébastien zu Ihnen sagen, das wär mir peinlich. Ich werd ‹Herr Oberst› zu Ihnen sagen, das ändert nichts an meinen Gefühlen für Sie, das sagt sogar mehr. Und Sie –» sie errötete – «Sie haben mich gerade vorher nicht mehr geduzt; genau darum wollte ich Sie aber bitten.»

Der Oberst antwortete behutsam: «Antoinette, wir haben uns geduzt, weil wir Kinder waren. Wenn ich dich sehe, steigt die Kindheit in mir wieder auf.»

«Soll sie doch!» rief Antoinette. «Madame hat mich geduzt, Sie müssen es auch so halten. Abgemacht also. Da liegt schon ein Brief für Sie im Kasten, ich werd ihn holen. Ich werd das Haus in Ordnung bringen, das Essen machen, ich werd Ihnen heißes Wasser hinaufbringen. Ich kann Ihnen gar nicht sagen, wie glücklich ich bin. Ich hab *Le Journal* gebracht, Madame hat das Blatt gehalten.»

«Damit kannst du deinen Herd anzünden», sagte der Oberst. «Von nun an hat das Theater Pause, ich brauche keine Programme mehr. Was ist denn das?»

Man hatte einen Knall gehört, dem alsbald eine kurze Schießerei folgte.

«Der Tronchet, er jagt», sagte Antoinette, die ihm den Brief brachte.

Der Oberst nahm ihn heftig an sich, er war versucht, ihn den Flammen zu übergeben, auch ihn. Aber er kam von Redoux. Der Umschlag, ohne Briefmarke und Absender, trug immerhin die Anschrift: Monsieur le Colonel Sébastien Moine. Die Laune des Oberst schlug um, sein alter Ärger auf Fernand kam wieder hoch wie ein vergessener Katarrh in der nebligen Gegend, aus der man ihn hat. «Monsieur le Colonel!» Wie bombastisch für einen Brief, den Fernand selber in den Briefkasten gesteckt haben mußte, und das noch in diesen übertrieben hohen und verzierten Großbuchstaben – der Rest der Worte war dagegen klein, regelmäßig, die Schönschrift eines Postangestellten – Fernand hatte sich nicht geändert, das geheimnisvolle Unglück hatte seine Natur nicht tangiert! Eine Mischung aus Bescheidenheit und Dünkel, untertänigster Respekt vor Titeln und großen Worten, Hang zu Gemeinplätzen, zänkisch und engherzig. Während der Oberst den Umschlag öffnete, sah er den kleinen Jungen vor sich, viel hübscher und weiblicher als seine drei Schwestern, die das gar nicht waren, aber schon damals behaftet mit diesem Mangel an Natürlichkeit, einer übertriebenen Unterwürfigkeit und einer sklavischen Gefallsucht. Wenn ich aus dem Garten hätte herausdürfen, sagte der Oberst zu sich, dann hätte ich ihn mir bestimmt nicht als Spielkameraden ausgesucht! Und vor allem, wenn Mammès nicht gewesen wäre ... Der tyrannisierte Fernand, und ich mußte ihn verteidigen! Indem er teuflische Erinnerungen an den Lausbuben Hubert heraufbeschwor, den die kleine Antoinette mit dem Zopfende im Mund und Blicken schon voll Liebe anschaute, nicht aber wagte, sich ihm zu nähern, faltete er vergnügt den Brief auseinander. Drei Seiten! Nun ja, ein bißchen Zerstreuung immerhin.

Mein lieber und großer Freund!

Ich kann das Gefühl nicht ausdrücken, das ich empfand, als ich vor einigen Wochen aus dem Munde unseres alten Freundes Hubert Mammès von der Hoffnung Deiner möglichen Rückkehr hörte, was die Presse bald darauf bestätigte. Unsere Freude, denn Adrienne schließt sich natürlich mir an, sah sich aber aufs Verdrießlichste vermindert durch die Enthüllung Deines schlechten Gesundheitszustandes (dieser Idiot, sagte der Oberst zu sich und hätte den Brief fast zerrissen). Deine ruhmreiche Verwundung hat dem unersättlichen Kriegsgott also nicht genügt, er hat von Dir das ganze Opfer gefordert! Aber der Lorbeer des Siegs, den Deine Hand dem Vaterland auf die Stirn drückte ... (der Oberst übersprang den Schluß des Abschnitts. Das Schlimmste ist, sagte er sich, er denkt einfach mit Tinte).

Zu dem traurigen Thema, mit dem ich Dich gleich nach Deiner Ankunft belästigen muß, will ich nicht übergehn, ohne von dem Schmerz zu reden, den wir über Deine Trauer empfinden, die auch die unsre gewesen ist. Als wir vor vier Jahren Mme Moine verloren, habe ich einen Kummer empfunden, dessen Tiefe, und ich wage Dir zu schreiben, wie ich gefühlt habe, meine Ehrfurcht für sie nicht hätte vorausahnen lassen. Wahrscheinlich, weil sie eine solche Liebenswürdigkeit gegen mich hatte, als wir Kinder waren! Du weißt, daß ich das Gedächtnis meiner Großmutter und Mutter ehre (diese unausrottbaren Weibsbilder, dachte der Oberst, er ist wirklich gut!), aber die Sanftheit und die Aufmerksamkeiten von Mme Moine werden auf ewig in meiner Erinnerung fortleben. Ich weiß, daß ich Dir heute abend nicht hätte schreiben müssen, wenn sie noch lebte; ich hätte sie sofort gleich im März besucht, und sie hätte mir zugehört und hätte verstanden (der Ärger verschwand auf einmal). Wir standen zusammen am Sterbebett, Adrienne und ich, im Beisein von Dr. Couard und dem treuen Mammès, ihr Ende hat uns eine letzte, die schönste Lehre davon gegeben, was Mut und Glaube sind. Aber nein! Ich habe nicht genug davon gelernt. Verzeih mir mein armseliges Telegramm damals! Aber da Du meine Gefühle für Dich kanntest, hast Du mich nicht der Gleichgültigkeit geziehen, nicht wahr? Das wäre zu ungerecht, mein alter Freund, mein einziger Freund. Du bist immer für mich und mehr als je ... (der Oberst hatte wieder das Verlangen, einige Zeilen zu überspringen, aber er zwang sich zur Aufmerksamkeit, er ahnte, daß es jetzt zur Sache ging) ... und mehr als je das reine Herz, der kluge und klarsehende Geist, die mich Dich immer als den älteren

Bruder haben ansehen lassen, trotz meiner zwei Jahre mehr! Du bist berühmt geworden, aber ich bin mir gewiß, daß Du derselbe geblieben bist.

Seit ich vor drei Tagen von Deiner Ankunft in Marseille hörte, erwartete ich jede Minute einen Anruf von Adrienne, daß Du in Deinem Landhaus eingetroffen seist, ich wachte jede Nacht mit offnen Ohren. Ich Egoist, nicht wahr? Denn meinetwegen, nur meinetwegen hoffte ich so brennend auf Deine Rückkehr (sieh einmal an, dachte der Oberst, und er war bewegt). Als ich heute nacht das Geräusch Deines Gartentors erkannte, das Deiner Haustür, als ich heute früh Antoinette mit dem Einkaufskorb und der Zeitung vorbeigehen sah, wie in den glücklichen Zeiten unserer Mme Moine, da schien mir, als ob mein Alptraum ein Ende nehmen könnte.

Sébastien, kannst Du mich trotz der Strapazen einer so langen Reise, besonders bei einem angegriffenen Körper, noch heute abend empfangen? Ich komme gegen sieben aus dem Büro zurück. Die Meinen drängen zwar auch darauf, Dich zu begrüßen, aber ich bitte Dich, sie ein andermal zu empfangen. Glaub nicht, daß ich etwas Sträfliches zu verheimlichen habe! Also, bis heute abend, hoffe ich. Du würdest den brennendsten Wunsch erfüllen Deines treuen und überglücklichen Freundes

Fernand Redoux

Am Abend hatte der Oberst seinen Gang durchs Haus auf den nächsten Tag verschoben. Als er den Brief ausgelesen hatte, ging er ebenso zerstreut, wie er gerade erst den Morgenmantel genommen hatte, ins Arbeitszimmer, nahm ein Blatt aus der Briefmappe und schrieb: «Mein lieber Fernand, komm heute abend nach dem Essen, wir werden ganz ungestört sein. Fürchte nichts für meine Gesundheit, es ist mir nie besser gegangen, das waren Lügen.» Er wollte gerade schließen: «In Hochachtung und Freundschaft», hielt aber inne. Ich bin zu trocken, dachte er, Fernand ist wirklich unglücklich. Das überraschte ihn, er hatte ihn immer für gekünstelt gehalten. «Dein alter Freund hofft, Dir helfen zu können. In Hochachtung und Freundschaft.» Er klingelte nach Antoinette und übergab ihr die Nachricht. Und dann, als seine Augen durch den dunklen Raum wanderten, von seiner Handbibliothek zum Fenster – hier kam der üppige Garten herauf und verlor sich in seinem Blätterwerk – und vom Fenster zu den drei Glasvitrinen mit den aufeinandergeschichteten Studienheften seines Vaters, versuchte er seinen Geist in einen Zustand und zu Gedanken zu bringen, die Licht werfen könnten auf das, was ihm bevorstand. Aber er war zu sehr an das Glück schneller Handstreiche gewöhnt, an die raschen Gedanken, die ihnen vorangehen, als daß er die hätte verdrängen können, die ihm der Besuch am Abend eingab. Die Zukunft, das hieß: erstens, dieser Besuch mit seinem Geheimnis; zweitens, das werden wir später sehn. Der neue Aspekt, unter dem Fernand erschien, warf eine rückblickende Frage auf. Er ist sich sicher, daß ich derselbe geblieben bin, er hat recht. Aber was ist mit ihm? Hat er sich, trotz seiner Schrift, in den letzten sechs Jahren geändert? Hab ich mich immer in ihm getäuscht? Um sich der Stellung heute abend nähern zu können und den Freund, der da gefangen war, zu befreien, mußte man zunächst genau wissen, wo er sich eigentlich befand. Diese unvorhergesehene Aufgabe, die sich der Oberst sehr angelegen sein ließ und mit der er sich den ganzen Morgen vertreiben sollte, berührte seinen Plan des Hausrundgangs nicht, sondern vervollständigte eher die familiären Erinnerungen. Seit jeher, seit die beiden Familien in die benachbarten Häuser eingezogen waren, säumten Bilder von Fernand den Weg, der nun zu der Begegnung heute abend führen sollte. Im väterlichen Laboratorium, in dem seit jenem fürchterlichen 20. Juni 1893 nichts verändert worden war – und der Oberst ging nie weiter als bis zu einer bestimmten Stelle, dort sah er immer den großen Körper am Boden liegen –, konnte man, ohne die Vergangenheit zu verraten, das Bild von Fernands Vater heraufbeschwören, den keiner der Moines gekannt hatte, auch Fernand selbst nicht, denn er war erst im Jahr seines Todes geboren worden (Monsieur Redoux war bei Sedan gefallen). ‹Der arme Kleine›, sagte Madame Moine und schaute ihren Gatten voll Bewunderung an, ‹nur von Frauen erzogen zu werden!› – ‹Frauen, meine Liebe?› (wie heiter die Stimme meines Vaters war!) ‹Mannweiber sind das, Amazonen, von der Großmutter bis hinab zur jüngsten Schwester, der kleine Fernand ist eine Ente in einem Adlernest!› – ‹Fer-nand!› Die Stimme von einem Balkon der Villa Redoux durchpeitschte die Luft über dem Garten tatsächlich wie der Beuteschrei eines Vogels, und während Fernand sofort losrannte, wettete Mammès mit Sébastien: ‹Zwei Marmeln, wenn's die Alte ist, drei für die Mutter.› Mammès verriet damit eine sehr frühreife Lust am Glücksspiel, denn es gab keinen, aber auch nicht den geringsten Unterschied zwischen dem Gekläff von Madame Cordon-Riquier und dem von Madame Redoux, ihrer Tochter. Die Schwestern konnte man besser erkennen, ihr Ruf war zwar ebenso trocken und schneidend, aber es fehlte noch die Autorität, sie gingen zur Schule. Was Fernand anging, so hatte ihn nie jemand rufen noch das kleinste Kriegsgeschrei ausstoßen hören, er sprach immer nur leise. Trotz seiner Zartheit war er aber tapfer im Aushalten von Schmerzen. Ohne Klagen steckte er die Ohrfeigen der beiden Matronen ein und die gezielten Quälereien von Hubert dem Löwenmaul (Löwenmaul!). Trotzdem paßte das Wort Tapferkeit schlecht zu Fernands Art. War es Resignation? Nicht einmal das. Er war verschlossen. Hartnäckig und verschlossen. Und es kam hinzu, daß einer, der sich nie jemandem anvertrauen konnte, wohl gezwungen war, im stillen zu leiden. Er nennt mich seinen alten und einzigen Freund, und es stimmt, daß ich sein ältester Freund bin: in der Schule, im Gymnasium bis zum Abitur. Aber hat er mir auch nur einmal etwas anvertraut? Hat er mit mir wirklich seinen Kummer geteilt, von Ruhm und Liebe geträumt? Der Oberst kam jetzt in den Salon. Antoinette hatte nur die Läden geöffnet, die Stühle schliefen unter ihren Überwürfen, doch die vergoldete Uhr auf dem Kamin aus weißem Marmor skandierte die Zeit mit ihrem sternförmigen Pendel. Über dem Sofa, zwischen zwei ovalen Porträts, in denen er nie seinen Vater und seine Mutter hatte erkennen wollen – und auch jetzt, wo sie tot war, löste das untreue Bildnis keine Bewegung in ihm aus –, da hing die Fotografie von damals, als er in Saint-Cyr befördert worden war. Durfte man es für einen Vertrauensbeweis halten, wenn Fernand einige Wochen lang dem Wunsch nachhängte, ihm, so drückte er sich aus, ‹unter die Waffen› zu folgen? Madame Redoux war tot, die drei Schwestern verheiratet, die Großmutter immer noch schrecklich lebendig, unzerstörbar. Sie wollte, daß er Jura studierte, und er studierte Jura; daß er in die Versicherungsgesellschaft eintrat, von der sie die Aktienmehrheit besaß, und er trat ein; daß er ein junges Mädchen ihrer Wahl heiratete, und er heiratete es; daß er drei Kinder haben sollte, und er hatte drei Kinder. Als sie am Ende dann nichts weiter fordern konnte, und obwohl sie die feuerfesteste Neunzigjährige war, der die Flammen der Hölle jemals die Knochen benagen würden (arme Frau, dachte der Oberst, Friede ihrer Asche!), vergaß sie eines Morgens aufzuwachen. ‹Meine arme Großmutter hinterläßt eine große Leere›, hatte Fernand mit einem Seufzer gesagt, und nicht einem Seufzer der Erleichterung.

Im Zimmer seiner Mutter setzte sich der Oberst ans Fußende des Bettes. «Du bist da, weil ich da bin», murmelte er. Aber das schön aufgeschüttelte Kopfkissen antwortete ihm so, daß er es langsam mit der Hand eindrückte. Auch hier fand er Fernand wieder, und auch Adrienne, dies ernste und fast zu vollkommene Gesicht Adriennes, mit dem grauen Haar, das sie schon mit zwanzig Jahren hatte. Sie, sie kommandierte nicht, aber konnte Fernand letztlich ohne eine Frau leben, die ihn beherrschte? Seine beiden Söhne liebte er, aber seine Tochter zog er vor, und Marie-Thérèse – was sollte man von ihr halten? Äußerlich ruhig wie ihre Mutter, war sie manchmal heftig wie ihre Ahninnen. Ein anbetungswürdiges kleines Mädchen, ein junges Mädchen – der Oberst sah ein, daß er nicht zuständig war für die Windungen der weiblichen Seele. Er hatte in seiner Jugend geliebt, das hatte in einem Desaster geendet, danach hatte er noch mehrere Leidenschaften ausgelöst, ohne sie aber teilen zu können. Im Einklang mit den Kirchenvätern war er der Meinung, eine Frau verdiene meistens Verachtung und immer Mißtrauen, es sei denn, sie fordere zur Verehrung heraus. Selbstverständlich blieb er enthaltsam. Wenn er entdeckte, daß aus einem Kind, das er wie Marie-Thérèse in der Wiege hatte schlafen sehn, das er durch die Luft hatte fliegen lassen, dem er hundert Geschichten erzählt hatte, während es rittlings auf seinen Knien saß – wenn er entdeckte, daß aus diesem Kind ein junges Mädchen geworden war, dann überkam ihn das traurige Gefühl einer Abreise ohne Wiederkehr. Jungen dagegen behandelte er schon früh wie Männer und versuchte, ihr Vertrauen zu erwerben: hier wußte er, daß er es würde befriedigen können, wenn sie erwachsen wären. Und doch bin ich mir sicher, sagte er sich heute, daß Marie-Thérèse mehr an mir hängt als ihre Brüder. Jedenfalls tat sie's vor sechs Jahren. Jetzt war sie sechsundzwanzig. War sie immer noch nicht verheiratet? Spielte diese bürgerliche Sünde eine Rolle beim Kummer ihres Vaters? Oder hatte einer seiner Söhne sich mit einer unordentlichen oder gefährlichen Frau eingelassen? Pierre mußte dreißig sein, Georges gerade zwanzig. Halt, sagte sich der Oberst, ich habe mich immer vor bloßen Vermutungen gehütet, ich will heute früh nicht damit anfangen. Er entschied, Fernand habe die ernsteste und normalste Veränderung durchgemacht, die einen Mann treffen kann: er war gealtert. Ja, den Stirnrunzeln entsprechen die Herzfalten. Eine etwas heftige Aufregung, und sie verwandeln sich in Wunden und bluten. So etwas hatte man noch nie, man erschrickt, und zum erstenmal im Leben holt man den Arzt. Und wer wollte zu behaupten wagen, daß ein menschliches Wesen nicht auch einmal eine Neuigkeit bieten könne, dies Wesen, das sich auf die allermerkwürdigste Weise vollenden muß? Der bejahende und feurige Geist des Oberst konnte bei solchen Erinnerungen nicht einfach stehenbleiben. Die aufgescheuchten Schatten wollten nicht wieder verschwinden. Und da sagte er sich: Ja, warum nicht Memoiren? Ich pfeife darauf, sie veröffentlicht zu sehn, aber die Idee ist ausgezeichnet! Da haben wir das Zweitens meiner Zukunft, die Wochen der Einsamkeit werden wunderbar bevölkert sein ... Er ging auf der Stelle ins Arbeitszimmer zurück und füllte zwei Seiten mit den Ursprüngen der Familie Moine. Dann unterbrach er sich und zündete eine Zigarette an. Es wäre klüger von mir, dachte er, die noch warmen jüngsten Erinnerungen aufzuzeichnen. Und er begann mit seinem Besuch beim Minister und hielt dabei den Daumen an der Feder wie den Finger am Abzug seiner Pistole.

4

Redoux hatte sich verändert. Er war noch nie sehr aufrecht gegangen, aber jetzt ging er regelrecht gebeugt. Aber vor allem das Gesicht hatte sich verändert. Gewöhnlich schien Redoux' Gesicht aus drei aufeinandergesetzten Teilen gemacht. Der mittlere Teil zeigte eine krumme Nase und kleine harte Augen; die Ente hatte doch etwas von den Adlern der Cordon-Riquiers. Der untere Teil starke Wangen, kräftige, farblose, immer geöffnete Lippen, ein fleischiges, in der Mitte gespaltenes Kinn, das Mammès einst «Engelspo» getauft hatte; im Gegensatz zum oberen Teil deutete alles auf angeborene und chronische Weichlichkeit. Das hatte er nach den bösartigen Reden seiner beiden Mütter von der Seite der Redoux. Darüber dann, über einer nichtssagenden Stirn, die schönsten Haare der Welt. Alles an ihnen war kostbar: die honigblonde Farbe mit kastanienbraunem Schimmer, die Wellen wie Wasser, die blendende Feinheit und die Fülle. Sie krönten ein an sich schon widersprüchliches Gesicht, das durch diese Schönheit nun vollends unbegreiflich wurde, geradezu absurd für den Blick dessen, der es als ganzes zu sehen verstand, was aber, zum Glück für Redoux, nicht oft der Fall war. Einer seiner Mitschüler auf dem Gymnasium in P. hatte es auf folgenden Nenner gebracht: ‹Eine Frau, ein Mann und einer aus der Auvergne.› Aber die meisten seiner Beziehungen waren durch den einen oder den andern Zug geprägt, manchmal durch die herausfordernde Verbindung zweier Züge, niemals durch alle drei zusammen. Seine Gegner, die er jeden Tag bekämpfte (er leitete die Streitsachenabteilung in seiner Versicherungsgesellschaft), sahen nur die krumme Nase und den kalten Blick. Seine Studien- und Spielgenossen, seine Lehrer, seine Vorgesetzten, wer immer das sein mochte – von der Großmutter bis zum Mann seiner ältesten Schwester, der Verwaltungsbeauftragter seiner Gesellschaft war –, störten sich an der Weichlichkeit des Mundes und des Kinns. Die Frauen bewunderten seine Haare und erklärten, daß sie allein ihn schon begehrenswert machten. Heute aber hatte die Hand des Unglücks das ganze Gesicht gestreift. Die Augen waren trüb geworden, der Mund bitter. Das Kinn und die

Bäckchen waren weggeschmolzen. Eine erdige Farbe gab ihnen vollends die Eintönigkeit der Verzweiflung. Sogar die Haare waren weniger leuchtend und zusammengefallen. Sie vertrugen sich noch immer schlecht mit den Gesichtszügen, aber jetzt auf gleichsam nachsichtige und traurige Weise. Sonst konnten sie eine abgeschmackte Verkleidung vervollständigen, jetzt wirkten sie wie die Erinnerung an einen verlorengegangenen Charme. Der immer bewegten, gezierten Sprache gelang nicht mehr wie früher dieser falsche Ton, der die Bescheidenheit so unernst und gesucht gemacht hatte. Denn die Stimme war leise geworden, sie schien sich kaum aus dem Schweigen lösen zu können und nur zu wünschen, wieder ins Schweigen zurückzufallen.

Der Oberst hatte seinen Freund ins Arbeitszimmer geführt, wo eine große Deckenlampe harte Helligkeit verstrahlte. Er hatte auf die Tischlampe gezeigt.

«Willst du lieber, daß ich diese anmache und die da oben aus?»

«Nein, nein, das Licht tut mir gut ...» hatte Redoux heftig geantwortet.

Er hatte einen Sessel abgelehnt, sich einen Stuhl genommen und in einer Flut von Worten reihenweise Komplimente und Beileidsbekundungen angedeutet, die der Oberst ohne Barschheit unterbrach.

«Wir sind hier, um von dir zu sprechen, mein Lieber.»

Der Nachmittag war herrlich verlaufen, zehn sauber und ohne Korrektur geschriebene Seiten auf dem Schreibtisch zeugten davon. Bei Einbruch der Dunkelheit dann ein Gang durch den Garten, ein Besuch bei den Dahlien. Dieser erste Tag stiller Sühne, im Morgenrock, umgeben von dem Geruch früherer Tage, Geruch von den Möbeln und dem gewachsten Parkett, Wäsche, die in der Sonne trocknete, Antoinette, die die Blumenbeete goß, das alles versetzte den Oberst in eine Stimmung von Wohlbefinden und Kraft, von der er glaubte, sie würde Redoux guttun. Er hatte die Hand auf die Blätter gelegt wie ein Löwe seine ruhige Pranke auf den erlegten Feind und sagte sich, daß, wenn man das Schicksal beherrschen will, man nicht das letzte Wort sagen müsse, es genüge, wenn man es schreibt.

«Darf ich das Fenster zumachen?» fragte Redoux. «Nicht daß

ich die kühle Luft fürchte ...» Er senkte den Kopf. «Ich bin im Moment sehr nervös.»

Er kam zum Schreibtisch zurück, blieb aber stehn.

«Jetzt, wo ich vor dir stehe», begann er, «in dem Augenblick, den ich seit wer weiß wie vielen Tagen herbeisehne, scheint es mir mit einemmal, als hätte ich dir gar nichts zu sagen, Sébastien. Die bloße Tatsache, daß du da bist – und wirklich, du bist mir noch nie so stark, so beruhigend vorgekommen –, gibt mir das Gefühl, endlich meinem Alptraum zu entkommen! Aber dann wird er mich wiederfinden ...»

Er rückte den Stuhl näher an den Tisch, um sich aufzustützen, und sagte dann, nachdem er sich gesetzt hatte, mit angstvoller Miene: «Haben die Mammès dir nichts gesagt?»

«Kein Wort.»

Der Oberst meinte seine Züge sich entspannen zu sehn. Sie wurden aber bei der Anstrengung, ein Lächeln hervorzubringen, nur noch angstvoller.

«Brave Leute! Denn das ist kein Geheimnis, ganz Marlieux weiß es, alle unsre Freunde, alle meine Kollegen ... Aber ich brauchte, ich brauche jetzt deine Reaktion, verstehst du, Sébastien? Ich muß sehen, ich muß dich sehen, während ... Schau.»

Er holte seine Brieftasche hervor und daraus ein Stück Papier, das er auffaltete. Alle seine Bewegungen waren verkrampft wie die eines Kranken, der sich beherrschen will. Er streckte den Arm mit Papier aus, seine Augen waren in jammervollem Schrecken geöffnet, und er flüsterte:

«Lies.»

10. März

Papachen,

(der Brief war unterschrieben: Marie-Thérèse)

ich glaube, ich werde Dir großen Kummer machen, denn ich weiß, daß Du mich sehr liebhast. Aber gerade weil Du mich liebhast, möchte ich so gern, daß Du Dich freust, wenn Du diese Neuigkeit erfährst. Ich habe mich entschlossen, mich zu Gott zurückzuziehen und Karmeliterin zu werden. Papachen, das ist kein plötzlicher Einfall, ich habe mich schon vor einem Monat dazu entschlossen, und wenn ich gezögert habe, Dir das zu sagen, dann nur, weil ich nicht den Mut hatte, Dich unglücklich zu sehn. Du hättest versucht, mich zurückzuhalten, und ich kann nicht bleiben, mir ist die Welt verhaßt. Wenn nicht der liebe Gott in seiner unermeßlichen Güte mir die Hand gereicht hätte, ich glaube, ich hätte mich umgebracht. Das wäre sehr egoistisch von mir gewesen, während ich jetzt mein Leben damit zubringen kann, für Euch alle zu beten, für Dich, Papachen, für Pierre und Georges, für Mama, für alle, die leiden, und kann jemand auf der Erde leben, ohne zu leiden? Ich bin ein bißchen feige, ich gehe wie eine Diebin, ich nutze es aus, daß niemand zu Hause ist, aber es stimmt auch, daß es wie ein Diebstahl ist, die ewige Wahrheit gefunden zu haben. Papa, ich sage Dir nicht, wohin ich gehe, alles ist zusammen mit einer Freundin ausgemacht, die mir geholfen hat, Klarheit zu finden, ich werde gleichzeitig mit ihr ins Kloster gehn. Und wenn ich doch der Welt sterben muß, warum dann nicht gleich? Und dann wird ja die Trennung nur kurz sein, ein paar Jahre bloß, und unsere Seelen werden für alle Zeiten vereinigt sein im Schoße des Herrn, unter dem süßen Blick Jesu, der sich geopfert hat, um uns zu retten, und unter dem Blick seiner heiligen unbefleckten Mutter. Adieu, Papa, sei Gott befohlen! Dies ist der Augenblick, es zu sagen: betet für mich wie ich für Euch beten werde.

Dein Töchterchen

Marie-Thérèse

Mama weiß Bescheid.

Die Augen des Oberst gingen zurück zum Datum: 10. März. Sechs Monate, auf den Tag.

«Und», fragte er leise, «ist sie gegangen?»

«Sie ist gegangen», sagte Redoux, ohne ihn aus den Augen zu lassen. «Sag nichts, Sébastien. Ich lese auf deinem Gesicht, was du denkst.» Er begann zu zittern. «Du erinnerst dich an die kleine Marie-Thérèse, die du auf deinen Knien hast reiten lassen, und du denkst, daß sie nun eines der von Gott erwählten Geschöpfe geworden ist, eine Nonne, vielleicht eine Heilige. Keiner kann das besser verstehn als du, Sébastien, du hast selbst davon geträumt, Priester zu werden, damals, als wir auf dem Gymnasium waren. Du, du bist groß und edel, aber du fühlst dich ganz klein vor diesem Wunder von solcher ... von solcher Tragweite. Auf so etwas warst du nicht gefaßt. Du denkst, der Segen des Himmels ruht auf der Familie Redoux, und ich bin nur ein armer Vater, blind aus Liebe zu seiner Tochter, und nun kann er sich nicht damit abfinden, daß er sie verloren hat. Nicht wahr, Sébastien, das denkst du doch?»

Bis jetzt hatte der Oberst den Kopf über den Brief gesenkt gehabt. Nun hob er ihn, blickte verwundert, nicht einmal, als wolle er verbergen, daß er beleidigt worden war. Er antwortete einfach: «Das stimmt.»

Redoux hörte auf zu zittern. Seine Schultern sackten plötzlich zusammen, so als ob das Zittern, das eben aufgehört hatte, nicht das unaufhaltbare Zeichen von Schwäche, sondern eine letzte Anstrengung von Widerstand gewesen wäre. Er antwortete:

«Du hast recht. Der Weggang von Marie-Thérèse ist ein entsetzlicher Schlag für mich. Ich hatte keinerlei Verdacht, Adrienne erfuhr erst am Abend davor davon. Als guter Christ hätte ich mich beugen müssen. Gott hatte eins meiner Kinder dazu ausersehn, ihm zu dienen. Aber ein Kind, das an einer Krankheit stirbt, ist auch ein Wesen, das Gott dazu ausersehn hat, ihm als Engel zu dienen, und haben seine Eltern nicht das Recht, es zu beweinen? Marie-Thérèse hat sich selbst mit einer Toten verglichen ... Ich will offen mit dir reden, Sébastien, wie mit einem Beichtvater – mehr! – denn seit sechs Monaten hab ich nicht mehr zur Beichte gehen können. Ich hatte das Gefühl eines entsetzlichen Verrats. Geht man wie eine Diebin weg, wenn man sich Gott verbinden will? Hat man das Recht, so etwas im Dunkeln vorzubereiten? Denk daran, daß sie gewartet hat, bis ich einmal für vierundzwanzig Stunden aus dem Haus war! Sie schämte sich des Schrecklichen, das sie mir antun wollte!»

«Die menschliche Natur kann das Vollkommene nur mit unvollkommenen Schritten erreichen», sagte der Oberst. «‹Richtet nicht!› Das gilt für die Wunder wie für die Verbrechen.»

«Ich richte nicht», sagte Redoux, indem er die Augen schloß, «ich entschuldige mich. Ich liebte diese Kleine mehr als alles, mehr als meine Söhne, und Gott weiß, daß ich die liebe! Du hast doch gesehn, daß seit meiner Jugend die Frauen immer eine Hauptrolle in meinem Leben gespielt haben, nicht wahr?» Der Oberst rieb seine Lippe zwischen Daumen und einem grausamen Zeigefinger, er hatte Angst, lachen zu müssen. «Nun, Marie-Thérèse stellte die wahre Kontinuität meiner Familie dar. Wie soll ich dir das erklären? In ihr fand ich ... und gleichzeitig ... nein, das kann man nicht erklären.»

Der Oberst begriff, daß Marie-Thérèse die erste Frau gewesen war, die Redoux seinerseits beherrschen konnte. Er behielt diesen Kommentar für sich, Fernand konnte im Augenblick nichts gebrauchen als ein offenes Ohr. Eine armselige Herrschaft übrigens, die ihm der Himmel da neidete!

«Du mußt alle Gründe für meinen Kummer verstehen, Sébastien. Sie war nicht bloß egoistisch. Wenn Marie-Thérèse schon immer den Wunsch gehabt hätte, Nonne zu werden, natürlich, dann wäre ich nicht überrascht gewesen. Nein, das ist es nicht ganz. Ich hätte nicht so gelitten. Sie wäre gestorben ... an einer gewöhnlichen Krankheit, verstehst du? Aber dieser Haß auf die Welt, dieser Abscheu, der sie zum Selbstmord getrieben haben würde, hätte Gott ihr nicht die Hand gereicht: es war mir, als hätte ich einen Keulenschlag gekriegt, seit sechs Monaten spür ich den im Nacken, es ist entsetzlich. Du weißt, Sébastien, wie wir unsere Kinder erzogen haben, wenigstens Marie-Thérèse und Georges. Pierre war schon elf, als meine Großmutter starb, er war ihrer Methode unterworfen. Ich klage sie nicht an, sie hat aus mir das gemacht, was ich bin. Aber Adrienne und ich, wir haben uns nachgiebiger gezeigt, nachsichtiger, eben ... moderner. Die Kindheit, mein Freund, darf man nicht zu sehr stören, sie ist empfindlich! Die Erwachsenen tragen dem nicht immer Rechnung. Wir haben uns bemüht, die Kindheit unserer Kleinen gut auszufüllen, besonders von Marie-Thérèse, sie hab ich verwöhnt, so sehr ich nur konnte. Adrienne hat manchmal lachend zu mir gesagt: ‹Du vergißt, daß in der Familie Redoux die Frauen stärker sind als die Männer!› Das hinderte sie aber nicht daran, sie genauso zu verwöhnen wie ich. Aber ich spreche nur von meinem Kummer: dabei habe ich ja die erzwungenen Zerstreuungen meines Büros, ich gehe aus dem Haus, ich lebe. Adrienne verläßt das Haus nicht mehr. Sie, die so gern las, liest nicht mehr, sie strickt von morgens bis abends. Du wirst sie sehn ... Diesen Sommer, an einem Sonntag, wollte ich sie zu einem Waldspaziergang überreden. Weißt du, was sie mir geantwortet hat? ‹Und wenn Marie-Thérèse inzwischen zurückkommt?› Dann ist sie in Tränen ausgebrochen, sie, die sich immer versteckt, wenn sie weint, und hat gesagt: ‹Ich glaube, ich werde wahnsinnig.›»

Der Oberst schüttelte den Kopf.

«Wie unvernünftig du bist», sagte er mild. «Ich kann mir das gut vorstellen. Ihr habt die Sache von der schlechtesten Seite aufgenommen. Anstatt daß ihr euch gegenseitig helft und tröstet, leidet jeder in seiner Ecke. Anstatt euch zusammen das Glück eurer Tochter vor Augen zu führen, seid ihr wie besessen von ihrem Weggehen, von eurem ‹Verlust›. Sie hätte sich mit einem Fremden verheiraten können, mit einem Mann aus den Kolonien! Hättet ihr sie daran gehindert? Ihr habt immer noch zwei Söhne!»

Redoux begann wieder zu zittern. Er faßte sich mit einer Hand an den Kragen, mit der andern griff er in seine Haare.

«Wie könntest du uns auch verstehen», wimmerte er. «Es ist wahr, es ist wahr, wir leiden jeder in seiner Ecke, und ich weiß auch, daß ich schuld daran bin, wenn ich nichts von dem, was in meinem Schädel vor sich geht, jemals herausgefunden habe. Mein ganzes Leben ... Aber ich nutze deine Geduld zu sehr aus.»

Der Oberst empfand bei diesem abgebrochenen Satz plötzlich so etwas wie Ekel und brüllte: «Glaubst du, daß deine Tochter glücklich ist, ja oder nein!»

Redoux bebte noch stärker. Aber durch die Tränen hindurch war sein Blick jetzt von einer ergreifenden Offenheit.

«Nein», sagte er. «Danke, daß du so direkt bist. Ich, ich glaube das nicht.»

Der Oberst war wieder so überrascht, mitleidsvoll und ruhig wie am Anfang. Er erklärte bedächtig: «Du lästerst Gott.»

«Das glaube ich ganz und gar nicht. Auserwähltsein ist nicht dasselbe wie Glücklichsein. Als er ihr die Hand reichte, hat Gott sie davor bewahrt, sich umzubringen; aber spricht sie von Glück? Sie hat gewollt, daß ich große Freude empfinde, sie hat nicht geschrieben, daß sie sie empfindet. Ich wünschte – o Sébastien, wenn du wüßtest, wie sehr ich das wünschte! –, daß Gott ihre Liebe ist. Aber ich habe die furchtbare Überzeugung, daß er nur ihre Zuflucht war. Sie hat den Vater getauscht. Sie hat einen gefunden, der sie besser trösten konnte als ich.»

Der Oberst streichelte leicht Redoux' Hand.

«Und du leidest», sagte er, «weil du das Gefühl hast, versagt zu haben.»

Seine Augen wurden feucht vor Glück, endlich verstanden worden zu sein, und plötzlich schossen ihm die Tränen hervor.

«Ja», sagte Redoux, «das ist es.» Es entstand eine kurze Stille. «Wenn ich von ihrer Berufung überzeugt gewesen wäre, ich schwöre dir, dann hätte ich mich in den sechs Monaten mit ihrem Verschwinden abgefunden. Aber in meinem Zweifel, und mehr als das, in meiner Überzeugung vom Gegenteil, wiederholte ich mir immer wieder, daß ihr ein anderer an meiner Stelle hätte Vertrauen einflößen können, daß sie bei ihm all ihren Kummer hätte abladen können. Du wirst nun sagen, daß Adrienne diese Rolle auch nicht übernehmen konnte, sie auch nicht. Aber wenn ein Mädchen im heiratsfähigen Alter ist, dann muß es der Vater verstehn, sich zu ihrem Vertrauten zu machen, so wie er sie ja auch zum Altar führt. Die Mutter ist für die Söhne bestimmt.»

Ich dachte, es wäre grad umgekehrt, sagte sich der Oberst. Ich verstehe wirklich gar nichts davon. Er fühlte, wie er trübsinnig wurde, und fragte rasch: «Vermutest du eine Liebesgeschichte dahinter?»

«Was kann man anderes vermuten? Ein schönes Mädchen wie Marie-Thérèse, gesund, voller Leben ... und aufrichtig! In ihrem Alter konnten wir ihr doch kein Kindermädchen mehr geben! Wenn wir übrigens mit ihr übers Heiraten sprachen, antwortete sie vergnügt: ‹Später!› Sie genoß die Freiheit, wie sie sagte, aber nichts in ihrem Leben ist uns je verdächtig vorgekommen! Sie begleitete Pierre und mich dreimal die Woche, besuchte Kurse an der Ecole de Louvre, traf sich mit Freunden, aß mit ihnen oder mit mir zusammen. Ein gefälliges Leben ...»

Der Blick des Oberst kehrte immer wieder zum Brief zurück. «Mama weiß Bescheid ...»

«Sie wußte Bescheid über die Absichten, und das auch nur, das hab ich dir schon gesagt, seit dem Abend vorher. Nichts über die Hintergründe!»

«Und diese Freundin, die ihr ‹geholfen hat, Klarheit zu finden›?»

«Sie war bestimmt nicht unter denen, die wir zu Hause empfingen.»

«Und habt ihr euch nicht erkundigt?»

Redoux sah ihn demütig fragend an.

«Hättest du das gemacht, Sébastien? Wie denn? Man kann doch ein Mädchen von sechsundzwanzig Jahren, das ins Kloster gehen will, nicht wie ein Gassenmädchen suchen, das sich vor seinem Verführer nicht in acht nehmen konnte. Wir haben uns dreingeschickt. Nur, dieser Segen des Himmels, der über uns kommen sollte –» er senkte Kopf und Stimme – «der ist die Hölle. Du sagst, daß wir noch zwei Söhne haben? Das stimmt nicht. Seit dem Weggang von Marie-Thérèse ist Pierre nicht mehr derselbe ... und Georges ist verschwunden! O ja, wir wissen, wo er ist! Ich habe ihm letztes Jahr ein Zimmer in Paris gemietet, für die Abende, an denen er nicht mehr zurückkommen konnte. Du weißt, er wird gerade neunundzwanzig, studiert Medizin, ein etwas düsterer Junge, aber geradeaus und offen ... glaube ich wenigstens! Jedenfalls hat er uns immer Freude gemacht. Und nun haben wir ihn seit sechs Monaten sozusagen überhaupt nicht mehr gesehn! Vor den Ferien ist er gekommen, um sich Kleider zu holen, und hat seiner Mutter erklärt, er wolle mit Freunden zelten. Im Mai bin ich bei ihm gewesen und hab ihm gedroht, seinen Wechsel zu sperren, wenn er nicht wieder zu Hause erscheine. Er hat mir einfach geantwortet: ‹Wie du willst.› Ich hab eine Erklärung verlangt. Er hat mir erklärt, er könne sich dort nicht wohl fühlen, wo Marie-Thérèse nicht mehr sei. Was sollte ich darauf antworten, wo ich doch genau dasselbe empfinde? Und dabei liebte er seine Schwester zwar, das ist wahr, aber doch nicht in diesem Maß! Pierre, der arbeitet weiter mit mir, lebt hier, fährt mich morgens und abends. Er geht sogar weniger aus als vorher. Gerade das Gegenteil von Georges also. Aber dieser Junge, der vorher vergnügt und immer zu Späßen aufgelegt war, ist mit seiner Nervosität und Reizbarkeit ebenso unerträglich geworden wie mit seinen lächerlichen Aufmerksamkeiten. Bei jeder Gelegenheit dreht er durch, schreit, schlägt an die Türen. Eine Minute später behandelt er uns wie Greise, wie

Schwachsinnige. Man könnte sagen, daß er immer betrunken ist. Und er ist es immer. Ich bin sicher, daß er trinkt.» Redoux beugte seinen Oberkörper vor. «Sébastien, dir hätte Marie-Thérèse gebeichtet. Alle bei uns verehren dich. Die noch da sind, werden mit dir sprechen, wenn du ihnen zuhören magst. Reinige die Luft, ich flehe dich an, öffne die Fenster!» Unwillkürlich wandte der Oberst sich nach dem Fenster, das Redoux geschlossen hatte. «Ja, siehst du, das ist alles, was ich noch tun kann ...» Er stand auf, nahm den Brief wieder an sich, faltete ihn zusammen wie ein Bettler den unlesbaren Plan eines verborgenen Schatzes. «Entschuldige, daß ich dich so lange belästigt hab ...»

«Wie ist es mit morgen abend?» fragte der Oberst.

«Danke, ja, großherziger Freund.»

Unten an der Treppe sagten sie sich leise gute Nacht. Es war eine jener schönen Spätsommernächte, wenn sich die Jahreszeit noch einmal nach ihrer Jugend umschaut, nicht zur Erinnerung oder zum Abschied, sondern um im Gegenteil noch einmal den Traum einer neuen Fülle aus ihm zu schöpfen. Der Oberst schaute zu, wie sich eine alte schüchterne Gestalt zum Gartentor hin entfernte, er sah sie zum erstenmal, und doch gehörte sie Redoux, seinem Freund Redoux. Er hörte ihn auf der Straße gehn, das benachbarte Gittertor aufstoßen, den Garten durchqueren, die Haustür mit der Vorsicht des Missetäters öffnen und schließen. Es ist wie ein Diebstahl, die ewige Wahrheit gefunden zu haben. Kann man menschliche Wahrheiten denn anders entdecken, fragte er sich. Man hörte nur noch das schüchterne Weinen des Springbrunnens. Auch er! dachte der Oberst. Es wurde kalt. Mit fast unerträglicher Sehnsucht erinnerte er sich an die Hitze der Tropen.

5

In der letzten Nacht seines letzten Aufenthalts in Marlieux hatte der Oberst vor dem Einschlafen im Vauvenargues gelesen. Das war sein Lieblingsschriftsteller, sein Führer zu Reinheit und Seelengröße. Er besaß eine bescheidene Ausgabe, die er 1914/18 bei sich gehabt hatte. Im Juni 1915, nach einem Angriff bei Lorette, bei dem er wie durch ein Wunder davongekommen war, hatte der Kommandant Moine auf das Vorsatzblatt geschrieben: «Wenn ich heute früh gefallen wäre, dann wäre ich am zweihundertsten Jahrestag Ihrer Geburt gestorben, auf eine Art und Weise, die Ihnen gefallen hätte.» Um dieses Satzes willen, den sie für geistreich hielt, hatte Madame Moine das Exemplar behalten wollen. Ihrem Sohn hatte sie eine schönere Ausgabe angeboten, ‹geeignet zur Mitnahme in die heißen Länder›. Gerade hatte der Oberst den alten Gefährten neben dem Bett seiner Mutter wiedergefunden, vollgestopft mit Fotos von ihm wie ein Gebetbuch mit Heiligenbildchen. Er nahm ihn wieder mit sich, als er zu Bett ging, er brauchte, wie Redoux, einen verläßlichen Freund, einen, der ihn von der Affäre ablenkte. Wenn ich jetzt weiter darüber nachdenke, nützt das nichts, dachte er. Was weiß ich schon Genaues? Erstens, Marie-Thérèse ist in ein Kloster gegangen; zweitens, alle Familienmitglieder haben denkbar schlecht darauf reagiert und leben seitdem unter einer Last. Alles übrige gehört in die Wahnwelt der Hypothesen. Ich hab noch nicht genug Material zusammen für eine Bombe. Er bedauerte Fernands Verzweiflung, konnte sie aber nicht teilen. Für ihn war Marie-Thérèse gerettet: was tat's, wodurch? Er stürzte sich in seinen Dialog mit Vauvenargues, den er häufig nicht im selben Maße billigte wie verehrte. Aber heute abend erschien ihm alles richtig, schön, herrlich. Und als er auf folgendes stieß: «... wenn ich bemerke, daß sein Geist, ungeachtet des Glücks und eigener Fehler, immer von großen Gedanken eingenommen und den liebenswertesten Leidenschaften beherrscht war, dann danke ich der Natur auf den Knien für das, was sie aus den vom Glück unabhängigen Tugenden und aus dem Licht des Verstandes, das kein Mißgeschick hat löschen können, gemacht hat», beendete er den Tag, indem er das Buch schloß, heiter und entspannt.

«Antoinette», sagte er am nächsten Morgen, «bereite deinen Mann darauf vor, daß ihr heute hier mit mir eßt.»

«Nein», sagte Antoinette.

«Hat hier jemand nein gesagt?»

«Wir wollen nicht anfangen, alles durcheinanderzubringen», erklärte Antoinette. «Laden Sie Mammès ein, wenn es Ihnen gefällt, dann werde ich Ihnen beiden mit gutem Gewissen servieren. Aber ich werde mich nicht an diesen Tisch setzen und gleichzeitig Prinzessin und Dienerin sein!»

«Und du willst die Frau eines Extremisten sein», rief der Oberst lachend, «eines Abonnenten des *Prolétaire*!»

«Verzeihen Sie», sagte Antoinette ernsthaft. «Ich bin nicht nur seine Frau, sondern ich lese auch seine Zeitung, und ich teile, wenn Sie das entschuldigen wollen, auch seine Ideen! Ein Oberkellner kann links sein, ohne seine Gäste ‹alte Kumpel› zu nennen.»

Der Oberst wurde wütend. «Bist du denn jetzt mein ‹Oberkellner›? Bist du verrückt geworden? Und ich hielt dich für meine Freundin!»

Antoinette antwortete: «Ihre Freundin lädt Sie gern zum Mittagessen ein, und das, sooft Sie wollen! Und zu Hause würde ich Sie sogar Sébastien nennen! Aber hier, nein!»

«So daß ich mich dir niemals erkenntlich zeigen kann?»

«Oh!» protestierte Antoinette verwirrt. «‹Erkenntlich›? Und was ist mit all dem, was Madame immer für uns getan hat? Und mit dem Geld, das sie uns hinterlassen hat, so viel, daß wir nicht wissen, was wir damit machen sollen? Hätte ich das alles ‹erkenntlich zeigen› nennen sollen? Sind Sie durch das viele Töten so bösartig geworden?»

Der Oberst hielt sich die Ohren zu und spielte einen Zorn, den er nicht mehr empfand, aber seine Verblüffung war weiterhin echt.

«Zauberin, wie stellt Ihr es an, daß Ihr uns solchermaßen verwirrt? Der Mann ist's, der den Zylinder erfunden hat, aber die Frau zaubert daraus bei hellichtem Tag die Hasen, den Donner und die Nacht hervor!»

Antoinette betrachtete ihre Filzschuhe mit einem Gesichtsausdruck, als wollte sie sagen: «Winden Sie sich, wie Sie wollen, da kommen Sie nicht raus!»

«Vor allem», fuhr er fort, «ich kann bei dir nicht essen, ich will mich im Dorf noch nicht blicken lassen.»

Antoinette zuckte mit den Schultern.

«Alles blickt schon auf Sie», sagte sie. «Gestern abend hat der Pfaffe mir aufgelauert und hat gesagt: ‹Nun, Antoinette, der Oberst Moine weilt also wieder unter uns?› Damit der auf dem laufenden ist, braucht er keinen, der zu ihm beichten geht, der! Ich hab drauf geantwortet: ‹Woher wissen Sie das, Herr Pfarrer?› Er hat mir geantwortet: ‹Jeder weiß es!› Natürlich weiß es jetzt jeder, wenn er's weiß! Er hat zu mir gesagt: ‹Außerdem hab ich den Oberst hinter einem Fensterladen gesehn, als ich in der Gegend vorbeikam ...› Stellen Sie sich das vor! Das ist doch das letzte.» Der Oberst reagierte überhaupt nicht. «Er hat mir gesagt, ich soll Ihnen sagen, er will Ihnen in den nächsten Tagen einen kleinen Besuch machen. Ich hab ihm geantwortet: ‹Im Augenblick ist er etwas müde.› Er hat gesagt: ‹Ein Grund mehr.›»

«Immerhin», murmelte der Oberst, «er könnte vielleicht ... Ich will mit euch, mit Hubert und mit dir, über die Redoux sprechen. Wann ginge das?»

Antoinette lachte aus all den vielen Fältchen auf ihren Wangen.

«Um elf werde ich gehen, und gegessen wird, wann Sie wollen, Herr Oberst! Und nun beeilen Sie sich, Ihr Kaffee wird kalt.»

Als der Oberst bei den Mammès ankam, war er guter Laune. Marlieux, ohnehin schon sehr ruhig, war um die Essenszeit wie ausgestorben. Einige Vorhänge hatten sich zwar gehoben, aber das Vergnügen, auf der besonnten, leeren Straße entlangzugehen, und die Erinnerung an ein paar neue, gut gelungene Seiten ließen ihn das übersehen. Man setzte sich zu Tisch, und er sagte: «Gestern abend hat Redoux mich besucht. Er hat mir von Marie-Thérèses Eintritt ins Kloster erzählt.»

«Er war ziemlich aufgelöst, was?» sagte Mammès. «Das ist nicht mehr derselbe Mann. Ich versteh das: wenn meine Tochter so mit mir umgesprungen wär ...»

Der Oberst hob die Hand.

«Hör zu, Hubert», sagte er herzlich, «laß uns vereinbaren, daß wir unsere speziellen Ansichten über Gott, Religion, Kirche, usw. für uns behalten, ja? Es geht darum, ein objektives Problem zu untersuchen. Ich persönlich würde ...»

«Das wird dir schwerfallen», bestätigte Mammès. «Mir übrigens auch. Versuchen wir's trotzdem. Mir ist's im Grunde ohnehin gleich, ich hab keine Tochter.»

«Und keinen Sohn», sagte Antoinette. «Mach dich nicht darüber lustig, Hubert, du weißt, wie mir das das Herz zerreißt. Für euch gibt's da gar nichts zu streiten, ihr müßt zunächst mal gemeinsam der Geschichte auf den Grund gehn. Das Kloster ist erst das Ende. Davor lag wie üblich die Liebe.»

Der Oberst stimmte zu. «Da sind wir einer Meinung.»

«Wie denn», verwunderte sich Hubert, «und Redoux weiß davon?»

«Nein, aber er hat den Verdacht.»

Mammès wackelte beruhigt mit dem Kopf. «Ich hab mir's auch schon gesagt ... Die Väter und die Ehemänner erfahren immer alles als letzte, wenigstens als Hahnreie sind sie sich gleich.»

«Hubert!» sagte Antoinette vorwurfsvoll.

«Was Hubert! Ich wette, daß Mutter Adrienne und die Jungen besser informiert sind als dieser unglückselige Fernand! Und jetzt jedenfalls, mein Alter, sind sie alle ein bißchen verrückt. Pierre ist von morgens bis abends in den Weinbergen – den Weinbergen des Herrn, natürlich ...»

«Hubert!» sagte der Oberst vorwurfsvoll.

«Entschuldige. Georges, pft!, nicht mehr da, fort, ausgeflogen. Die Mutter schließt sich ein. Joséphine, die zwanzig Jahre lang bei ihnen war, mit der ist auch nichts mehr; Pierre hat sie am Morgen nach dem Verschwinden der Kleinen derart beschimpft, daß sie mir nichts dir nichts die Koffer gepackt hat. Antoinette hat ihnen die Tochter von Valérie vermittelt, Valérie, die Witwe von Quincieux, dem Tagelöhner, wer hätte das gedacht – als sich dieser Schmutzfink von Mavaleix für die Wahlen von 19.. aufstellen lassen wollte ...»

Antoinette explodierte: «Und bloß die Frauen sind Klatschbasen, was? Da kann Sébastien doch niemals drauskommen!»

Sie ließ Mammès eine kleine Gelegenheit zur Verteidigung. Er würdigte sie keines Worts, sondern schwieg. Antoinette besänftigte sich und fuhr fort:

«Ich muß erst mal seine Geschichte zu Ende erzählen. Sie haben also die Tochter von Quincieux eingestellt, Mémène, ein gescheites und angenehmes Ding und alles. Wir sehen uns jede Woche hier oder bei ihrer Mutter. Und jede Woche sagt sie: ‹Ich will gehn!› Man behandelt sie nicht etwa schlecht oder läßt sie zuviel arbeiten, sie ist kräftig, und alle sind mit ihr zufrieden, aber sie wiederholt unablässig: ‹Das ist zu traurig!› Wir reden alle beide auf die Mutter ein, wir sagen, Valérie, das klappt schon noch, die Kleine wird's schaffen. Aber nun ist sie schon sechs Monate da, und ich fürchte, sie wird da keine grauen Haare kriegen.»

«Du siehst», sagte Mammès zum Oberst, «kein Wort zuviel. In zwei, drei Tagen werden wir der Sache bestimmt auf den Grund kommen.»

Der Oberst guckte beide an und sagte: «Ich bewundere euch. Er ist eifersüchtig, Antoinette. Mach weiter.»

Antoinette holte eine köstlich duftende, riesige Platte aus dem Ofen und hatte schon wieder angefangen zu reden.

«Was die Geschichte angeht», sagte sie, «so gibt's nichts Einfacheres. Marie-Thérèse war in einen der Tronchetsöhne verliebt.» Der Oberst saß mit erhobenem Kopf da, den Mund offen. «Was wundert Sie das? Es ist der dritte, der jüngste, Xavier, ich sollte sagen, der am wenigsten alte, er wird so auf die zweiundvierzig zugehn, aber als sie sich in ihn vernarrte, da war er ja noch jünger, und dann muß man ihn auch sehen! Er ist das, was man einen schönen jungen Mann nennt, groß, vornehm, parfümiert, mit gepudertem Gesicht und lackierten Nägeln, an so etwas hast du nie gedacht, mein armer Hubert, und Sie auch nicht, Herr Oberst! Ihr vertut eure Tage, und man fragt sich, wie. Von diesem Tronchet weiß man wenigstens, was er macht! Er macht nichts. Wirklich nichts. Ja doch, er geht nach Cannes, nach Deauville, hat eine Yacht, wie es scheint. Oder er bringt Küken aufs Schloß, wenn Papa nicht da ist.»

«Er brachte», korrigierte Hubert.

«Entschuldige. Im August hat er noch eins gebracht.»

«Ja, aber seither nicht», sagte Hubert beharrlich.

«Sie müssen wissen», erklärte Antoinette dem Oberst, «daß wir beide uns in diesem Punkt immer zanken. Das ist ganz lustig:

wenn die Männer sich gegen die Frauen zusammentun, dann spielt auf einmal selbst die Politik keine Rolle mehr – und Hubert Mammès stimmt für das Schloß!»

«Ja», begehrte Mammès auf, «und ich muß gar nicht weit gehen, wenn ich ein Beispiel für sture Intoleranz haben will. Wenn du die Politik in alles mischen willst, dann will ich dir sagen, daß die Redoux und die Tronchets sich in nichts was nachgeben. Die vier da, Fernand und seine drei Kamele von Schwesterherzchen, mit den Aktienpaketen von der Großmutter, die sind so gut wie Herr über ihre Versicherungsgesellschaft. Der Unterschied zwischen dem Baron von Carabosse und den Redoux ist bloß, wie groß der Kuchen ist, und nicht das Prinzip. Sébastien ist wirklich geduldig. Entweder platzt er gleich, oder er ist verdammt interessiert an der Affäre.»

«Verdammt interessiert», sagte der Oberst, «von der Minute an, wo die Standpunkte sich trennen.»

«Die Politik wird mich niemals ungerecht machen», bestätigte Hubert. «Ich behaupte nur, daß man jahrelang diesen Xavier, den ich am liebsten am Ende eines Stricks hängen sehen möchte, und dann würd ich mich noch auf seine Füße setzen, also ich behaupte, daß man ihn immer nur mit Marie-Thérèse gesehen hat, wenn man sie überhaupt zusammen gesehen hat, denn das war nicht oft. Sonst war er immer allein. So war's.»

«Na ja ...» sagte Antoinette.

«Ich bin noch nicht fertig. Ich behaupte, daß er noch öfter nach Marlieux kam. So, jetzt bin ich fertig. Das sind doch wenigstens Beweise, oder?»

«Das ist leicht auszurechnen. Deine arme Mutter war gerade gestorben, so etwa drei, vier Wochen, da hab ich die beiden zum erstenmal im Wald getroffen. Am selben Abend war die Kleine hier. Sie sagte zu mir: ‹M'sieur Mammès, Sie sagen meinen Eltern doch nichts? Sie könnten nie verstehen, daß ich mit jemandem aus der Familie Tronchet spazierengehe, wo uns der Baron doch so viel Ärger wegen des Hauses macht.› Ich hab ihr geantwortet: ‹Mein Herzchen, Sie sind mündig, und was Sie tun, geht keinen was an. Nehmen Sie sich trotzdem vor diesem Burschen in acht. Er ist fünfzehn Jahre älter als Sie, und die Jahre hat er nicht mit Perlenzählen verbracht.› Das zeigt doch, daß ich ihn sehe, wie er ist! Sie hat mir lachend geantwortet: ‹M'sieur Mammès, ich mag den Mann, der seine Frau vorher betrügt, lieber als den, der's nachher tut.› Genauso. Ich hab geradeaus gesagt: ‹Seine Frau?› Ich war ein bißchen bestürzt, kannst du dir vorstellen. ‹Ja›, hat sie einfach gesagt, ‹er will mich heiraten, aber er braucht zuerst die Einwilligung seines Vaters, denn er möchte nicht enterbt werden.› Ich hab geantwortet: ‹Wenn das so ist ...›»

Antoinette stieß einen wilden Triumphschrei aus, der die beiden Männer zusammenschrecken ließ.

«Und haben sie in diesen vier Jahren geheiratet?»

«Darum handelt es sich nicht, du Dummkopf!» schrie Mammès plötzlich. «Wagst du etwa zu behaupten, du hättest auch nur ein einziges Mal in diesen vier Jahren den Sohn Tronchets mit einer andern Frau als Marie-Thérèse gesehn?»

«Gesehen oder nicht gesehen», schrie Antoinette zurück, «was will denn das beweisen, oder hast du ihn vielleicht von morgens bis abends beobachtet?» Sie wandte sich dem Oberst zu, war aber zu sehr in Hitze geraten, als daß sein Anblick sie sofort hätte abkühlen können, und so fauchte sie auch ihn noch an: «Und ich, ich behaupte, daß ein Mann, der siebenunddreißig Jahre seines Lebens damit zugebracht hat, den Mädchen nachzulaufen, alle Tricks kennt, um auch die anständigsten, ja gerade die anständigsten zu kriegen. Ich behaupte, daß er Marie-Thérèse auf Trab gebracht hat wie die andern auch und daß die arme Kleine sich an dem Tag, als sie dann aufwachte, sich ins Kloster gestürzt hat wie andre in einen Brunnen.»

Der Oberst blickte Mammès an.

«Antoinettes Überlegungen haben es in sich, Hubert», sagte er bitter. «Diese Sorte von Geschichten hasse ich. Selbst eine Vergewaltigung kommt mir weniger schrecklich vor als diese betrügerisch erschlichene Verführung, die der Mann von der Schlange gelernt hat, um sich an der Frau zu rächen.»

Antoinette, glücklich darüber, daß sie recht bekam, hielt ihm lachend die Obstschale hin.

«Nehmen Sie trotzdem einen Apfel!» sagte sie.

Der Oberst lachte aus vollem Herzen. Mammès tauchte seine

einzige Hand mit der Pfeife in den Tabaksbeutel und sagte nur scherzend:

«Ich könnte dir eine Buße auferlegen wegen deiner Schlange. Und ich könnte dir das trotz Antoinettes jungfräulichen Ohren erklären. Ich könnte auch die Sache mit der Vergewaltigung und alles andre zur Sprache bringen.»

«Du könntest eine Menge tun, mein Kleiner», sagte Antoinette mit geheucheltem Entzücken, «nämlich, um uns von dem abzubringen, worüber wir eigentlich reden!»

«Deshalb hab ich ja gesagt: ich könnte. Tronchets Sohn ist ein Frauenheld, einverstanden. Antoinettes Überlegungen haben es in sich, einverstanden. Es kann so gewesen sein, zugegeben. Es kann aber auch anders gewesen sein. Ein Frauenheld in dem Alter könnte Lust bekommen, damit aufzuhören. Marie-Thérèse hatte etwas sehr Angenehmes an sich. Dürfen wir sie uns deshalb wie ein armes Huhn vorstellen, das gerade gut genug ist, sich vom bösen Wolf fressen zu lassen? Du hast sie vor sechs Jahren gesehn, Sébastien, damals war sie neunzehn. Sie wirkte nicht irgendwie frech, ganz sicher nicht, aber wirkte sie wie ein Hohlkopf? Na! Und manchmal stachen sie diese kleinen Wutanfälle, die an andre erinnerten! Und eins darf man nicht vergessen: die Weibchen der Cordon-Riquier-Redoux gehen nicht so leicht in Vogelfallen! Ich will aber zugeben, daß am Ende der Rechnung der Liebeshandel wohl nicht ganz so gelaufen ist, wie sie wollte.»

«Trotzdem», sagte Antoinette.

«Da gibt's kein trotzdem, das verändert alles! Wenn es sich so abgespielt hätte, wie du sagst, dann wäre sie ein Opfer, eine Unglückliche, der man das Ding mit Mutter Schlange angetan hätte. Wäre das ein Damespiel gewesen, müßte es einen Verlierer geben und ich würde ihr nicht nachweinen. Hätte Marie-Thérèse nur an Liebe gedacht, dann hätte sie zu ihm gesagt: ‹Pfeif doch auf die Erbschaft und laß uns gehn!› Und wenn er geantwortet hätte: ‹Du machst Witze›, obwohl er ja genug für zwei, ja für zehn zum Leben hat mit dem Geld seiner seligen Mutter, das hätte der Kleinen dann die Augen geöffnet, und sie wäre nicht weitergegangen, das sag ich dir. Aber immer mehr Taler, Güter, ein Schiffchen, ein Titel, darauf hatte sie ihr Auge geworfen!»

«Die Augen öffnen, wenn man liebt ...» sagte Antoinette und hob die ihren. «Du hast nie geliebt, mein armer Hubert!»

«Und ich, ich sehe, daß ich überhaupt nicht klarsehe», murmelte der Oberst. «Das ärgert mich, ich wollte Fernand helfen.»

«Du gehörst noch zu denen, die glauben, sie könnten was für das Glück ihrer Nächsten tun!» sagte Mammès.

Der Oberst antwortete: «Und du glaubst, das der ganzen Welt herstellen zu können!»

Sie runzelten beide die Brauen, und die Politik schnappte sie sich.

Mammès mußte trotzdem bald aufbrechen: dreimal die Woche ging er nach Paris und arbeitete dort ehrenamtlich im Sekretariat einer Gewerkschaft. Der Oberst ging kurz nach ihm. Er sah, wie ganz Marlieux, das auf den Treppenstufen Wache bezogen hatte, auf einmal in Bewegung geriet. Das war wie eine Straße an einem Festtag, wenn man von der einen Seite die Vorreiter der Gemeindeprozession oder irgendeines grotesken Umzugs kommen sieht. Er allein war die Vorreiter, die Musik, die Feuerwehr, das Allerheiligste, die Königin der Königinnen! Er wollte die Schultern zucken, aber er mußte lächeln. Vor dem ersten Haus standen die beiden alten Boutignys und zitterten einer wie der andre. Er ging auf sie zu, beugte sich zu ihnen hinab, umarmte sie. Boutigny weinte: «Sébastien ... Herr Major, Verzeihung, Herr Oberst ... mein lieber Junge ...» Er hatte im 70er Krieg Paris verteidigt. Dann die Charolles mit ihren fünf Jungen: «Schaut ihn euch gut an, meine Kinder! Und nehmt euch ein Beispiel!» Valérie Quincieux, ganz allein, ganz rot: «Verzeihen Sie, daß ich aus dem Haus gekommen bin, ich wollte Sie begrüßen ...» Der junge Flamboin und seine Mutter: «Wenn Sie den Alten sehen wollen, müssen Sie reinkommen, er kann sich nicht mehr rühren, er wollte Sie so gern sehn! Einer dieser Tage, so ist das eben ...» Die Witwe Goujon, die seit ihrer Kindheit weinte, deren augenblickliche Tränen diesmal aber durch den Tod ihres Mannes gerechtfertigt waren: «Er hat Sie nicht mehr heimkommen sehn können! Ich bin so glücklich –» und ihre Tränen verdoppelten sich – «daß Sie unsern Jungen für Ihren Garten haben!» Die Vidals, die

Lebœufs, die Cronats (Elie), die Bletterans, die Artemares, die Chatillons, die Frasnes.

Die kleinste der Töchter Chatillon, drei Jahre alt, hielt ihm drei Rosen hin und sagte: «Piek dich nicht!» Die Kaufleute hatten ihre Läden verlassen und standen in Gruppen an der Seite der Kirche. Jeder erwartete, daß der, der vor ihm stand, dem Oberst die Ehre erweisen und ihn vorbeilassen würde. Ein Bursche mit riesigen Augen fragte, warum der Pfarrer nicht die Glocken läuten lasse, ein anderer, warum der Herr denn keine Uniform trage. Moneteau, *Holz und Kohlen,* erster stellvertretender Bürgermeister, glaubte Hof halten zu sollen: «Der Herr Baron hätten Sie sicher gern selber ...» – «Sicher nicht», antwortete der Oberst überzeugt. Die Sonne und das Herz seines Dorfs wärmten ihn mit einer Flamme. Cronat (Silvio), der Mann aus dem Tabakladen, bot ihm eine Packung gelber Gauloises an. «Doch, doch, Sie kränken mich sonst!» – «Jacquet, hier siehst du einen großen Mann», sagte Sembadel, der Hufschmied, zu seinem kleinen Lehrling. «Ich hab noch nie so einen großen gesehn!» antwortete der Bursche, und alles brach in Gelächter aus. Madame Battin, die Frau des Cafetiers, die etwas Besseres war und bei Madame Mataflon, der reizenden Postmeisterin, und Madame Vabonne stand, der Witwe eines Gerichtsaktuars aus Paris, sagte im Trauerton: «Monsieur Battin wird das außerordentlich bedauern ...» Die Trigueres, die die Zeitungen verkauften, erklärten: «Das ist ein guter Platz, um alles mitzukriegen!» Die vom unteren Teil der Stadt waren bis zur Kirche heraufgekommen. Der letzte Handschlag war für Chamousset, den Straßenarbeiter, Palikare genannt, weil er bei den Zouaven gedient hatte.

Zwischen zwei Häusern hindurch sah der Oberst, daß sich ihm da ein verborgener Abkürzungsweg zum Friedhof anbot. Auf den wäre er jetzt gern gegangen und hätte die Rosen hingebracht. Aber er fühlte zu viele Leute hinter sich, die ihn nicht aus den Augen ließen. Mit raschen Schritten kehrte er nach Hause zurück und beschloß, den Nachmittag nun wirklich seinen Kindheitserinnerungen zu widmen.

6

«Entschuldige, mein Freund, ich komme, um zu sehen ... Du hast deinen Vorsatz nicht aufgegeben ...?»

Die Hausglocke hatte in dem Augenblick geschellt, als der Oberst sich zum Fortgehen fertigmachte. Als er Redoux entdeckte, mit vorgebeugtem Oberkörper und hängenden Armen, mit einer unüberwindlichen Angst im Gesicht und dadurch um so mitleiderregender, erinnerte er sich an Sodium, den Briarden (vor dem Fernand immer Angst gehabt hatte), wie dieser zur Spazierengehenszeit in höchster Ungeduld sich auf eben diesem Vorplatz, auf dem er nicht sein durfte, plötzlich bei Erscheinen der anbetungswürdigen und ihn erstarren machenden Madame Moine hinlegte, hingerissen von Freude, bedrückt wegen seines Ungehorsams und insgesamt jedesmal davon überzeugt, eines nicht ohne das andre haben zu können. Warum hab ich keinen Hund, dachte der Oberst gerührt. Jetzt, wo ich mich in der Enge fühle, wäre ich nicht so allein. Er antwortete Redoux: «Ich komme mit dir.»

Am Fuß der Treppe murmelte Fernand, der seine Unruhe nur schwer beherrschen konnte: «Cronat (Silvio) hat mir erzählt, welchen schönen Empfang dir unsre kleine Gemeinde gerade vorhin bereitet hat. Ich hab ihm nicht verheimlicht, daß die Zigaretten, die ich gekauft hab, für dich waren. Er hat mir geantwortet, daß ich Glück hätte, dein Freund zu sein. Ich habe nicht diesen Ehrgeiz, Sébastien, aber es stimmt, o ja, du bist mein Freund! Du ahnst nicht, wieviel besser es mir seit gestern geht! Adrienne beschäftigt sich. Und ich bin sicher, Pierre hat nicht getrunken: du bewirkst Wunder!»

«Mach keine Geschichten», sagte der Oberst.

Schweigend gingen sie bis zum benachbarten Gartentor. Obwohl der Mond noch nicht aufgegangen war, zitterte ein schmaler Schimmer wie eine Stahlsaite über dem Springbrunnen. Ein unbestechlicher Zeuge der nächtlichen Ruhe, fiel er beinahe auf sich selber zurück, in sein Becken aus künstlichen Felsen. Als Madame Cordon-Riquier, der er sein Dasein verdankte, hier noch herrschte, durfte er sich nur an Sonntagen, kirchlichen Feiertagen und Familiengeburtstagen seines Lebens freuen. Er fühlte sich wie alle Redoux durch ihren Weggang in eine bessere Welt befreit und schmückte den vorderen Teil des Gartens nun in den sechs schönen Monaten des Jahres. Seit dem Tod der Großmutter, er war damals elf Jahre, hatte Pierre den Schlüssel in Verwahrung. Das war sein täglicher Stolz und seine tägliche Freude. Er öffnete «seinen» Springbrunnen jeden Morgen und stellte ihn wieder ab, wenn er abends ausgespielt hatte. Als er im Krieg war, hatte er Georges den Schlüssel gegeben, der damals neun war. Georges, sehr heroisch, öffnete den Springbrunnen nicht ein einziges Mal bis zur endgültigen Heimkehr seines Bruders, dreieinhalb Jahre später. Dann nahm er die Nachfolge an. Stieg deswegen der Springbrunnen jetzt Tag und Nacht gegen den Himmel, weil er nicht mehr da war? Als sie um das Becken herumgingen, fragte der Oberst:

«Ihr stellt ihn nie mehr ab?»

Redoux murmelte: «Nicht seit Marie-Thérèse uns verlassen hat. Sie liebte ihn so! Er leistet uns Gesellschaft.»

Oben auf den Stufen, schwarz gegen einen kaum weniger schwarzen Hintergrund, erschien Pierre. Er kam so rasch herunter, daß der Oberst unwillkürlich die Arme ausbreitete. Pierre warf sich hinein.

«Welches Glück, Sie wiederzusehn!» sagte er.

Wenn er heute nicht getrunken hat, dann muß er mit Alkohol durchtränkt sein, um das zu empfinden, dachte der Oberst. Von den drei Redoux-Kindern war ihm dieser immer auf die Nerven gefallen. In ein Geschlecht von Raubtieren, das einzig und allein durch Fernand etwas gemildert worden war, und innerhalb dessen, nach den jüngsten Nachrichten, Marie-Thérèse und Georges durch ihre Unabhängigkeit und Entschlossenheit einen besonderen Platz einnahmen, hatte Pierre als unvorgesehenes Element den Typ des Ferkels eingebracht, des närrischen Ferkels. Neben einem bewundernswerten Teint verdankte er seiner Mutter seine Dickleibigkeit, die sie bei sich immer erfolgreich bekämpft hatte und die sich dafür am ältesten Sohn rächte. Niemand hätte sagen können, wo er die bullaugenartigen Nasenlöcher erworben hatte, deren aggressive Gegenwart dem kleinen durchdringenden Auge der

Cordon-Riquiers einen unerwarteten und possenhaften Ausdruck verliehen. Der Oberst hätte ihm das Gesicht durchgehen lassen. Es verriet den Geist dahinter. Aber er verzieh es ihm um so weniger, als Pierre an einem mannhaften und sogar ruhmreichen Krieg teilgenommen hatte. Seine Vorstellung vom Menschen sträubte sich bei dem Gedanken, daß das Possenhafte und der Mut, die Gewöhnlichkeit und die Tapferkeit so bequem nebeneinander leben konnten. Mein Gott! Der Kavallerieunteroffizier Pierre mit seiner Kriegsmedaille und den beiden Palmen war aus dem Krieg zurückgekehrt ganz als der dicke Possenreißer Pierrot, der in der Schule nicht das geringste Ehrenabzeichen hatte erringen können. Man war erstaunt, daß er die Fähigkeit verloren hatte, abscheulich unanständig und widerlich unverschämt zu sein. Er hatte sie aber lediglich ersetzt durch witzige Einfälle, Sticheleien, Anekdoten, Erfindungen, Witze, aber so, daß man sich fragen mußte, ob etwas dabei gewonnen war. Er war ein leidenschaftlicher Leser aller Witzblätter und Sammlungen küchenlateinischer Verse, und weil er ein entsetzlich gutes Gedächtnis hatte, bombardierte er mit seinen ständig erweiterten und ausgeschmückten Funden die Ohren seiner Familie, seiner Freunde, seiner Kollegen im Büro und aller Bekannten. Wut und Verachtung reizten nur noch seinen beklagenswerten Eifer. Nur zwei Wesen zwangen ihn zu äußerster Zurückhaltung. Was den Oberst angeht, so hatte er kaum ein Verdienst daran, denn er sah ihn so gut wie nie. Das andre war Marie-Thérèse. Sie hatte sich überlegt, daß sie sich mit einem halben Dutzend Kalauern alle vierundzwanzig Stunden und ein paar ‹Was ist der Unterschied …› loskaufen könnte, die sie stets mit ‹keiner› beantwortete. Alle andern, selbst die ehrwürdigsten Personen wie Madame Moine, mußten die Äußerungen dieses Übels ohne brauchbares Gegenmittel über sich ergehen lassen. Redoux hatte aufgehört, den Wagen, der sie jeden Morgen zur Arbeit brachte, selber zu fahren, er hatte ihm das Steuer anvertraut; er hoffte damit nicht, ihn zum Schweigen zu bringen, die Hoffnung hatte er schon lange aufgegeben, aber so konnte er wenigstens lesen und brauchte nicht zuzuhören.

Und jetzt, sagte sich der Oberst, trinkt er? Hatte er wirklich einen Schock gebraucht, um dahin zu kommen? Das Saufen kommt vom Kummer und weil man vergessen will: das ist die edle Lüge aller Trinker. Ist sie nicht viel häufiger die letzte Möglichkeit für ein Tier, das immer ausgelassen sein will? Wo Fernand Verzweiflung sieht, hat er da nicht eher zu sich selbst gefunden, zu einem befreiten Instinkt? Vielleicht hielt ihn die Gegenwart der Schwester bloß zurück? Der Oberst stieg die Freitreppe hinauf, Redoux und Pierre folgten ihm schweigend. Plötzlich stieg eine Erinnerung in ihm auf, setzte sich fest: Chatel. Gray rannte auf ihn zu, dann Mirignier. Es war eine Nacht fast wie heute, eine französische Nacht. ‹Chatel ist verrückt geworden! Er hat sich die Zunge mit einem Messer abgeschnitten!› Das Offizierskasino war in einer Villa untergebracht, die eine Freitreppe hatte wie diese hier. Er wußte noch, wie es war, als er die Treppe dort hinabstieg, Gray und Marignier hinter sich. Das Heute spaltete sich, die Erinnerung ans Damals kam hervor, denn beim Hinaufsteigen war ihm der sinnlose Satz Chatels eingefallen, den niemand beachtet hatte: ‹Wenn ich *seinen* Namen noch einmal ausspreche, dann schneide ich mir die Zunge ab.› Er durchquerte den dunklen Flur mit einem Schritt; die Tür zum Salon war nicht geschlossen, ein Streifen düsteren Lichts drang nach außen, und er riß die Tür auf; und stand still, völlig überrascht, im Schatten eine stehende Adrienne zu gewahren, mit einer Zuckerdose in der Hand, nah bei einem Teetisch. Hab ich denn gedacht, fragte er sich, daß sie tot ist?

Sie war nicht tot: aber sie glich einem Gespenst. Nicht, daß sie abgemagert war, sie war noch immer die ‹herrlich füllige› Frau, die Madame Moine so bewundert hatte. Ihre Haare waren nicht weißer geworden und ihr Gesicht nicht weniger vollkommen (Adriennes Gesicht verdiente entschieden kein anderes Epitheton). Aber als sie ihr Gesicht dem Oberst zuwandte, da zeigte es so traurige Augen, eine so seltene Mischung von Besorgnis, Müdigkeit und Abwesenheit, daß es tatsächlich schien, als habe es einen Blick ins Totenreich geworfen. Die Hand, die die Zuckerdose hielt, zitterte. Pierre stürzte hin, um sie ihr abzunehmen. Sie wandte sich dem Oberst zu, die Finger ineinander verkrampft in der falschen Hoffnung, zusammen seien sie stärker gegen den inneren Feind. Und als ob die Besessenheit dieser Hand ihre Gedanken beherrschte, sagte sie mit matter Stimme: «Wir haben sehr um Sie gezittert ...»

Der Oberst war doppelt gerührt. Er küßte die Hand, antwortete sonst nichts. Man setzte sich. Mit erzwungener Munterkeit, von der er offenbar als erster betrogen zu werden hoffte, schob Redoux seinem Freund eine Packung gelber Gauloises, einen Aschenbecher und Zündhölzer hin.

Adrienne fragte: «Ich hoffe, Sie mögen noch immer Tee?»

Pierre brach los: «Ich werde die junge ...»

Er biß sich auf die Lippen und blickte bösartig auf seine Mutter, dann auf seinen Vater, die beide bleich geworden waren. Die Beleuchtung war lächerlich schwach. In einer Ecke des großen Zimmers, in dessen Mitte man saß, verbarg sich ein Wandleuchter unter einem olivgrünen Schirm, einem «tagtötenden Oliv», dachte der Oberst. Die Möbel, die Madame Cordon-Riquier zusammengebracht hatte, verloren hier, ohne zu leiden, den Glanz ihres Marmors und Golds, aber die Menschen vertrugen diese Grabbeleuchtung nicht, die die Gestalten anfrißt und sogar die Stimmen zu ersticken schien. Der Oberst verstand jetzt einen Satz von gestern abend, den Fernand gesagt hatte: ‹Das Licht tut mir gut.› Vielleicht hatte Mammès recht gehabt, als er die Familie ‹getroffen› nannte. Kaum hatte man sich gesetzt, da hatte Adrienne darum gebeten, stricken zu dürfen. Und für einen Uneingeweihten war das Zittern wirklich nichts anderes als das rasche Spiel der Nadeln. Sie hielt das Gesicht geradeaus, die Augen blickten in die Weite. Sie hörte nur gelegentlich zu: man konnte sehr genau sehen, wie sie plötzlich die Augenlider aufschlug und dann wieder fallenließ über einen für einen Augenblick verwirrten Blick, der dann aufs neue zurückging ins Unbestimmte, nicht so sehr benommen oder träumend, sondern weil es anstrengte, wach, und müde machte, aufmerksam zu bleiben. Sie bewegte den Kopf wenig, und wenn sie lächelte, dann wie eine Mutter, die einer Gruppe beschäftigter Kinder zulächelt. Bald fielen die Augenlider herab, einmal, zweimal, mehrmals hintereinander, und als offensichtlich war, daß sie sich nicht wieder öffnen würden, daß Adrienne eingeschlafen war, da im Gegenteil öffneten sie sich und schlossen sich nicht wieder, was auch nicht nötig war, denn die Augen waren wieder blicklos geworden. Das Unwirkliche an diesen Wechseln zwischen Gegenwärtigsein und Träumen war, daß die Hände ihre Arbeit in gleichbleibendem Rhythmus und mit einer gleichbleibenden höchsten Geschwindigkeit fortsetzten. Man hätte sie für die Hände einer Somnambulen halten können oder noch schlimmer für gelähmte Hände, in die der Faden des Strickzeugs, der aus einem schwarzen Knäuel kam, das irgendwo zwischen Adriennes Füßen lag, einen elektrischen Strom schickte, eine künstliche Bewegung, ein Trugbild eifriger, idiotischer, ruchloser Tätigkeit. Der Oberst konnte sich kaum zurückhalten, die beiden Fäuste zu packen und zu befehlen: Halt! Er riß seinen Blick davon los. Aber das Ohr nahm das leichte und unveränderliche Geräusch der beiden Nadeln weiter wahr, die Uhrwerkbewegung dieser unmenschlichen Mechanik. Redoux plauderte unterdessen. Die Unterhaltung drehte sich um die Geschehnisse in Frankreich während der letzten sechs Jahre, der Oberst hatte seinem Freund eine gute Ausgangsbasis für die Unterhaltung geben wollen und hatte wirtschaftliche und finanzielle Fragen aufgeworfen. Und Redoux plauderte, er analysierte in gewählter und wortreicher Art den allgemeinen Stand der Wirtschaft, behandelte mit klugem Mißtrauen ihre augenblickliche Prosperität als einen ‹Koloß auf tönernen Beinen› und sah Katastrophen kommen. Er glich dem Redoux von früher, nicht dem Redoux zu Zeiten der Ahnin, sondern dem Redoux, der 1906 geboren war und nichts mehr liebte als Reden vor dem Familienauditorium: Adrienne, Marie-Thérèse, Georges. Denn wenn Pierre da war … Er war da, die andern nicht, und daß Redoux ohne das geringste Anzeichen einer Störung plaudern konnte, war schon eine Seltenheit. Pierre, mit ausgestreckten Beinen in einen Sessel gegossen, rauchte. Meine Theorie ist nichts wert, dachte der Oberst. Wenn er angefangen hätte zu trinken, um das Leben freundlicher und erträglicher zu machen, dann würde er uns daran teilhaben lassen. Ich muß wohl zugeben, daß er das Trinken angefangen hat, weil er vergessen will. Adrienne und Fernand empfinden nur ihren Schmerz. Er und Georges scheinen wirklich an ein Drama zu glauben. Ihre Eltern haben gewichtigere Gründe dafür, aber sie beide sind auf ihre Weise viel bedrückter. Würde heute abend nichts mehr zur Sprache kommen? Plötzlich hielt Redoux inne.

Er verzog das Gesicht kläglich, wie ein alter Ringer, der verwirrt ist, weil seine Leistung nicht mehr bringen kann. Er ist sich gleichgeblieben, dachte der Oberst, und doch ist er nicht mehr derselbe.

Pierre, zurückgelehnt im Sessel, fragte im Ton eines bettelnden Kindes: «Und wenn Sie uns etwas erzählten ...?»

«Du langweilst unsern großen Freund», sagte Redoux.

Und dann hörte man Adriennes farblose Stimme: «Finden Sie nicht» (der Oberst blickte auf die starren Augen und auf die Hände – die waren ohne Bewegung!), «finden Sie nicht», wiederholte sie, «daß es überraschend ist, Marie-Thérèse nicht von ihrem Zimmer herunterkommen zu sehn?»

Ein schwerer Stoß, das Klirren einer auf der Untertasse hüpfenden Tasse. Pierre hatte mit voller Wucht auf den Marmor des Teetischchens geschlagen. Er war aufgesprungen und brüllte: «Verdammt noch mal, kann man denn nie mehr von was andrem reden!»

«Pierre!» rief Redoux bestürzt. «Vor Sébastien?»

Gerade, sagte sich der Oberst, der unbewegt dasaß und sich nichts anmerken ließ; wäre ich nicht da, dann wäre dieser Ausbruch ja banal. Er beobachtete Adrienne. Die Hände blieben bewegungslos, das heißt, sie zitterten, aber die Augen waren plötzlich hellwach. Sie prüften Pierre geradeheraus mit einer kühlen Frage, einem Verdacht. Man las darin: Entschließt du dich zu reden? Erfahren wir endlich, was du vor uns verbirgst? Diese stumme Heftigkeit war ebenso schrecklich wie Schreie. Pierre schaute keinen an. Mit bebenden Nasenlöchern und verkrampften Fäusten brüllte er voll Wut noch einmal:

«Marie-Thérèse! Immer Marie-Thérèse! Wollen wir unser ganzes Leben so verbringen? Kann man sich nicht eine einzige Minute mehr entspannen? Hat sie uns alle vergiftet?» Das Brüllen erreichte seinen Höhepunkt: «Ich hab genug!»

Er rannte zur Tür und verschwand, indem er sie hinter sich zuschlug. Wütend hörte man ihn die Treppe in Sprüngen von immer vier Stufen auf einmal nehmen. Im Salon herrschte ein unerträgliches Schweigen, in das das sanfte Geräusch des Springbrunnens fiel. Adrienne blickte auf ihre Hände und strickte weiter. Redoux, der den Arm gegen sein Herz gepreßt hielt, versuchte wieder zu Atem zu kommen. Er murmelte:

«Verzeih ihm, Sébastien ...»

«Warum lebt ihr in dieser Finsternis?» fragte der Oberst schärfer, als er gewollt hatte. «Ihr werdet alle krank werden ...»

«Wissen Sie, wo er ist?» sagte Adrienne; die Augen waren wieder weit weg, die Hände hatten die mechanische Bewegung wieder aufgenommen. «Im Zimmer von Marie-Thérèse ...»

«Wie kommst du denn auf so etwas?» fragte Fernand verzweifelt. «Er geht niemals in das Zimmer, verstehst du, niemals!»

Sie antwortete gleichgültig: «Wie du willst.»

Was kann man für einen tun, der sich die Zunge abschneiden will? dachte der Oberst. Man muß ihn mit seinem eignen Denken verstehn. Und dann wird man einverstanden sein und ihm das Messer hinhalten. Er verspürte den bitteren Geschmack, den er immer bei sinnlosen Angriffen gehabt hatte, die auf Grund eines dummen Befehls zwangsläufig zu einem Gemetzel oder einer Niederlage geführt hatten. Jedesmal hatte er sich verteidigt: Ich werde meinen Abschied nehmen, und dann hatte er doch immer seine Pflicht getan. Also los, sagte er sich.

Mit aller Vorsicht und List, die es brauchte, um die Verluste so gering wie möglich zu halten, rief er sich die gegenwärtige Glückseligkeit von Marie-Thérèse vor Augen, die heitere Atmosphäre des Klosters, die wohltuende Ordensregel und die Sehnsucht am Ende allen Kummers, so hartnäckig der auch war. Adriennes Hände strickten. Fernand hatte seine gefaltet und die Stirn draufgelegt. Das Licht, so dumpf es war, zeichnete gleichwohl die Wellen seines Haares nach. Ich kann predigen, sagte sich der Oberst, aber keiner wird antworten, sie haben ihren Glauben verloren. Außerdem hat Fernand schon gestern abend gebeichtet. Mehr weiß er nicht. Und Adrienne, da hatte Hubert recht, behielt das Geheimnis, das außer ihrem Mann jeder kannte, für sich. Aber es gibt ein noch strengeres Geheimnis, davon wissen allein Pierre und Georges! Das alles ödet mich an, ich weiß nicht, warum ich mich da einmische.

Adrienne lauschte. Auf der Treppe hatte man ein Knacken gehört. Als sich die Tür mit auffallender Langsamkeit öffnete, faßte sie sich zitternd an die Brust.

«Pierre», rief Redoux, «du weißt genau, daß deine Mutter das haßt ...»

Mit lächerlicher Vorsicht ließ sich der dicke Pierre auf den Fußspitzen vor Adrienne auf die Knie nieder.

«Ich bitte dich um Verzeihung, wegen eben», sagte er. «Das kommt so über mich.» Sie streifte seine Stirn mit ihren Lippen. «Auch dich, Papa, und den Oberst», setzte er hinzu und erhob sich wieder. «Ich bin so froh, Sie zu sehen, Herr Oberst, wirklich! Und nun hab ich den Abend verdorben, unsern ersten Abend seit ...»

Er lächelte so merkwürdig, daß der Oberst sich sagte: er hat gerade getrunken.

«Nun», fragte ihn Pierre mit einem Augenzwinkern, «wollen Sie uns nicht von einem kleinen Feldzug erzählen, von der Einnahme der Festung Machin, von Chose?» Er lachte begierig. «Das hätte ich gern ...»

«Ich glaube eher», sagte Adrienne, «der Oberst würde ein Bridge vorziehen, wie früher. Fernand hat seither keine Karten mehr angefaßt ...»

«Seit einer Ewigkeit!» knüpfte Redoux an und bemühte sich, die Haltung wiederzufinden, die er in der ersten Viertelstunde gezeigt hatte. «Ein ausgezeichneter Vorschlag!»

Der Oberst fragte: «Spielen Sie mit uns, Adrienne?»

Sie ließ ihren Blick auf ihre Hände fallen. «Ich muß meine Strickerei weiterbringen», sagte sie.

«Gut!» sagte Pierre. Unter der Lampe öffnete er den Spieltisch. «Ich gebe nach, wenn auch gegen meinen Willen. Oh», er schlug sich an die Stirn wie jemand, der die simpelste Form der Höflichkeit verletzt hat, «man hat dem Oberst nicht den kleinsten Schluck angeboten.»

Er sprang in Richtung Speisezimmer. Der Oberst hielt ihn fest.

«Für deinen Vater, wenn er will», sagte er hart. «Aber nicht für mich.»

Pierre schniefte unbeweglich, wie ein beschämtes Kind.

«Wirklich?» sagte Redoux von weitem.

Er holte die Karten, das Schreibzeug, die Stühle. Mit Hast wollte er die verlorene Zeit zurückgewinnen, den Skandal vergessen machen. Er vergißt völlig, warum er mich hergebeten hat, sagte sich der Oberst. Oder er ist sich darüber im klaren, daß er sich in meinen Kräften getäuscht hat.

Das Spiel begann. Pierre machte es unerträglich. Er pfiff, trommelte auf dem Tisch, stieß Seufzer aus, die alle Kerzen auf dem Kuchen eines Hundertjährigen hätten löschen können, lachte überlaut und behandelte seine Karten wie ein Dompteur seine Tiere. «Sachte ... Du bist dran! ... Nein, nicht noch einmal! ... Wenn sie dich kommen sehn ... Rodrigues, hast du Herz? ...» Redoux, mit hängender Lippe ins Spiel vertieft, hörte nichts. Der Oberst sagte mehrmals: «Pierre, sei still!» – «Sei doch still, Pierre!» wiederholte Fernand dann. Pierre schwieg auf seine Weise: Trommeln, Pfeifen, Seufzen, und dann fing er langsam wieder an: «Ja, so ... Bravo, Toto! ... Ein hübsches kleines As ... Ich mache den Trick, das bringt mir den Track!» Der Oberst schaute ihn wütend an und sagte sich: der wird sich die Zunge nicht abschneiden. Alle Kräfte haben ein Ende, die seinen waren am Ende der ersten Partie aufgebraucht.

Er stand auf und erklärte: «Ich bin untröstlich, daß ich aufhören muß ...» Er log, um die Sache zu mildern. «Ich bin ein Frühschläfer geworden!»

Fernand hatte über die Entscheidungen seines Freundes noch nie diskutiert. Er überschüttete ihn mit Dankesbezeigungen.

«Du kommst doch wieder, Sébastien?»

«Wir sehen uns dann!» sagte der Oberst.

Ich lüge viel heute abend, dachte er. Als er sich von Adrienne verabschiedete, sagte sie auch: «Sie kommen doch wieder, nicht wahr?»

Als sie zu ihm aufsah, waren ihre Augen so ganz gegenwärtig wie bei Pierres Ausbruch, aber diesmal so bittend, so voller Angst, daß er ihr antworten mußte: «Ich verspreche es Ihnen.»

7

Nach diesem düsteren Abend beschloß der Oberst, sich ins Drama seiner Nachbarn nicht hineinziehn zu lassen. Er fragte sich, welches Wunder dahintersteckte, daß Adrienne, die sonst niemanden empfing, ihn unbedingt wiedersehen wollte, obwohl er das Gefühl und sogar den Beweis hatte, ihr ganz und gar nichts gegeben zu haben. Er würde sein Versprechen halten, aber frühestens in einer guten Woche. Bis dahin behielt er sich vor, seine eignen Probleme zu überdenken: seine Behausung für den Winter einrichten, einen Winter, der den kommenden weit überdauern würde, nämlich den Winter seines Lebens; einen ernsthaften Plan für die Erinnerungen aufstellen, sich feste Arbeitsstunden auferlegen, aus Zerstreuung Pflicht machen, oder er müßte sich verachten, wenn er sich länger dabei aufhielte; Tag für Tag einen rigorosen Zeitplan aufstellen, usw., usw.

Das Schicksal wollte es anders. Als er am nächsten Morgen vom Friedhof zurückkam, sah er von weitem Dr. Couard an der Kirche vorbeigehn, wie immer untadelig in seinem maßgeschneiderten Anzug, äußerst städtisch. Er rief. Der Arzt wandte sich um, hob den Arm mit einer trocknen Bewegung und kam auf ihn zu.

«Meine Verehrung, Oberst», sagte er mit einem entschiedenen Händedruck. «Ich hätte Sie nicht zu besuchen gewagt. Man hat mir versichert, Sie wollten Ruhe. Glauben Sie mir, daß ich sonst.»

Er unterbrach sich oft mitten im Satz, achtete aber darauf, daß niemals der Eindruck von Unvollständigkeit entstand. Er öffnete ein silbernes Etui mit Goldmonogramm.

«Auf dieser Seite», sagte er, «die englischen. Hier die blauen.» Der Oberst nahm eine blaue; er auch. «Ich darf Sie ein paar Schritte begleiten. Die Patienten können warten. Wenn sie nicht zufrieden sind.»

Das war seine Art, Gleichgültigkeit und Zynismus vorzutäuschen: es gab keinen Arzt, der sich mehr um seine Patienten kümmerte und mehr unter ihren Leiden litt. Er diagnostizierte mit einer Sicherheit und beherrschte seine Kunst so gut, daß er in Paris einen guten Ruf hätte haben können. Dieser Mann von vierzig

Jahren, der aussah wie dreißig, schien für Marlieux so wenig gemacht wie ein Solitär für den dicken Finger seiner Frau. Marlieux hielt ihn gleichwohl wie einen Solitär, und gleich deren drei gruben sich in Madame Couards Fleisch. Zwischen beiden Phänomenen gab es eine direkte Verbindung. Madame Couard, eine geborene Auxy, war reich, und der Arzt liebte das Geld ebenso wie die Medizin. Da er eine Mitgift heiratete, hatte er alle Artikel des Ehevertrags akzeptiert, eingeschlossen die, die nicht ausdrücklich darin aufgenommen waren: Mademoiselle Auxys Horror vor dem Stadtleben, ihr Hang zu abscheulichen Pekinesen und ihre Fettanämie, die jedes Jahr stärker wurde. Er behandelte sie, aber umsonst. Er tröstete sich heimlich mit der Gesellschaft von Madame Mataflon, der reizenden Postmeisterin, die ein barbarischer und geschmackloser Ehemann mit zwei kleinen Kindern hatte sitzenlassen (die beiden Kleinen wuchsen bei einer Großmutter auf, einige fünfhundert Kilometer weiter im Süden, wo das Klima, wie jeder weiß, dem Wachstum wesentlich günstiger ist). Jeden Abend nach dem Essen, wenn die Patienten keine dringenden Besuche mehr verlangten, verbrachten der Doktor und Madame Couard eine köstliche Stunde mit ‹der Abrechnung›. Danach brachte der Arzt sein Auto in Ordnung: die Landstraßen erforderten eine tägliche Inspektion. Ein schicksalhafter Zufall hatte es gefügt, daß in der Nähe der Garage eine Tür in den kleinen Garten der Postmeisterin führte. Ganz Marlieux ahnte diese nächtlichen Duette und rechtfertigte sie mit dem Umfang und vor allem mit den Solitären von Madame Couard. Nur sie allein wußte nichts von ihrem Pech. ‹Die Väter und die Ehemänner ...› hatte Mammès gesagt. Manchmal eben auch die Ehefrauen.

Während sie die Straße zum unteren Teil der Stadt hinabgingen, unterhielten sich der Doktor und der Arzt über Madame Moines letzte Krankheit, dann über die eigne Gesundheit und über ihre Beschäftigungen. Die Sonne drang durch die Blätter und machte den hellen und feinen Sand des Fußwegs tigerfleckig; man ging weich auf ihm wie am Strand. Um nicht zu weit abzukommen, bogen sie nach rechts ein. Zwischen Stämmen und Zweigen sah man manchmal den Gitterzaun, der die fünf Landhäuser umschloß.

Wer Geld heiratet …

... und dabei eine fettleibige Ehefrau, langweiliges Dorfleben und abscheuliche Pekinesen in Kauf nehmen muß, hat nicht unbedingt ein gutes Geschäft gemacht.

Selbstverdientes Geld ermöglicht immerhin die Gattin und den Hund nach Wahl.

«Monsieur und Madame Redoux müssen über Ihre Rückkehr glücklich sein», sagte der Arzt. «Seit sechs Monaten hat Monsieur Redoux jedesmal, wenn ich ihn traf, wiederholt: ‹Wenn wenigstens mein Freund, der Oberst Moine.› Eine Tragödie. Natürlich wissen Sie Bescheid.»

«Ich komme allmählich dahinter», sagte der Oberst. «Das muß ich ja.» Ich entkomme dem nicht mehr, dachte er.

Der Arzt wandte ihm seine spitze Nase zu, die durch einen kleinen schwarzen Schnurrbart erst richtig zur Geltung kam.

«Ich hab keinerlei vertrauliche Mitteilung erhalten, ich kann also. Ich spreche darüber mit Ihnen übrigens nur, um Sie aufzuklären.» Was für Vorsichtsmaßnahmen, sagte sich der Oberst. «Madame Couard hat mir vom Weggang des Fräuleins erzählt. Beklagenswert.»

«Hat sie sie weggehn sehn?»

«Mehr als das. Sie besuchte gerade Madame Redoux. Madame Couard –» er sprach den Namen mit einer Großartigkeit aus, in die sich einige Überraschung mischte: nach zwölfjähriger Ehe schien ihm die Sache immer noch neu und seltsam – «Madame Couard geht sozusagen niemals aus, das Gehen bringt sie in Atemnot. An jenem Tag entschloß sie sich dazu. Gut, sie kommt an, sie klingelt. Man öffnet: Madame Redoux selbst, in Hut und Mantel, leichenblaß. Madame Couard hat mir gesagt: ‹Wenn sie nicht gesehen hätte, daß ich so erschöpft war, ich glaube, sie hätte mich ...›» Der Doktor machte eine entsprechende Handbewegung. «‹Ich trete ein›, so Madame Couard, ‹setze mich. Madame Redoux hatte einen Brief in der Hand. Sie sagt zu mir: Lesen Sie.› Das war ein Brief des jungen Mädchens, das ankündigte.»

«Ich kenne ihn», sagte der Oberst. «Erzählen Sie weiter.»

«Madame Redoux zitterte wie Espenlaub. Sie sagte immer wieder: ‹Die eine Stunde auszunützen, die ich nicht da bin, die eine Stunde! Und mein Mann ist verreist!› Madame Couard hat religiöse Gefühle, die ich nicht teile, aber ... Aber auch sie war von dem Vorgehen sehr betroffen. So roh gegen die Mutter zu handeln! Sie blieb dort, um die arme Frau zu trösten, bis dann der älteste Sohn kam, Pierre, glaube ich.»

«Ach», sagte der Oberst. «Hat Madame Couard Ihnen erzählt, wie er das aufgenommen hat?»

«Sehr bestürzt», versicherte der Arzt trocken. «Restlos bestürzt. Aber Madame Couard hat sich nicht länger aufgehalten, die Diskretion. Sie wußte ja auch das Wichtigste. Erst am Abend davor hatte Madame Redoux von dem jungen Mädchen den Wunsch erfahren, ins Kloster zu gehn, und sie glaubte, sie hätte sie dazu überredet, Monsieur Redoux' Rückkehr abzuwarten. Er war nur achtundvierzig Stunden weg.»

Der Oberst bot dem Arzt eine Zigarette an.

«Da Madame Couard den Brief gelesen hat», sagte er, «wissen Sie, daß Marie-Thérèse erklärt hat, sie hätte sich umgebracht ohne ...» Er wollte gerade hinzufügen: «... die Hilfe des Himmels» – aber die Irreligiosität des Doktors hielt ihn davon ab.

Aber der Doktor benutzte so häufig abgebrochene Sätze, daß er sie nur billigen konnte. Er antwortete: «Genau. Und Madame Couard hat Madame Redoux darauf hingewiesen in der Hoffnung, ganz freundschaftlich! einige Aufklärung über die Gründe zu erhalten ...»

«Und?» fragte der Oberst mit neuer Aufmerksamkeit.

«Nun, Madame Redoux hat den Brief genommen, hat ihn wieder und wieder gelesen, in einem fürchterlichen Gemütszustand. Dann hat sie Madame Couard verzweifelt angeschaut, um ihr zu bedeuten: ‹Ich kann Ihnen nichts sagen. Und wenn Sie etwas wissen, dann sagen Sie's mir auch nicht!› Dramatisch.»

Der Oberst brummte: «Eine Liebesgeschichte.»

Wieder wandte ihm der Arzt seine spitze Nase zu.

«Das ganze Dorf kannte sie. Es war unmöglich, selbst wenn das junge Mädchen sich seiner Mutter nicht anvertraute, daß die Familie ...»

«Nicht der Vater!» sagte der Oberst lebhaft.

Er erwartete eine beißende Antwort, die ihm gar nicht unangenehm gewesen wäre.

«Wenn ich eine Dummheit begangen habe, dann liegt das lange zurück ... Aber Sie sind ein Ehrenmann, Herr Oberst, und ihr Freund, es ist meine Pflicht. Ein Sohn der Tronchets hat das Mädchen verführt. Ich habe sie hundertmal im Wagen vorbeifahren sehn, man hat sie im Wald gesehn, in Paris. Man weiß, wo sie Unterschlupf fanden.»

Das Gesicht des Arztes schien sich noch mehr zusammenzuziehen, die Lider falteten sich, die Stimme wurde schneidend und verriet Haß.

«Wollen Sie meine Meinung? Meine Stellung in Marlieux zwingt mich zum Schweigen. Ihre erlaubt Ihnen vielleicht, öffentlich etwas zu sagen. Die Tronchets sind zu allem fähig. Die Lage Ihres Besitzes läßt Sie die fixe Idee des Barons kennen, Madame Couard und ich waren ihre Opfer. Ich erspare Ihnen die Einzelheiten der Machenschaften, die uns dazu bringen sollten, die Villa Auxy zu verlassen. Da ist sie: betrachten Sie sie! Eine Ruine. Und natürlich hat er sich zu nichts verpflichtet.»

«Ich verstehe nicht», sagte der Oberst, der nicht verstehen wollte.

Der Arzt sagte mit Nachdruck: «Zu allem fähig. Da sind diese Leute, die Redoux, die ihr Haus unbedingt behalten wollten wie Sie! Der jüngste Sohn der Tronchets ist ein Schönling, der es sich zur Aufgabe macht, Frauen zu verführen. Sein Vater verlangt von ihm: du wirst mir diese Leute da unmöglich machen.»

Der Oberst blieb stehen, sah den Arzt an und sagte einfach: «Oh!»

Couard, widerspenstig, duldete nicht den geringsten Zweifel. Mit leicht geröteten Wangen fuhr er schweres Geschütz auf.

«Das ist Madame Couards Meinung, und ich teile sie vorbehaltlos. Die Herrschsucht ist beim alten Tronchet eine Psychose, die bis zum Verbrechen führen kann. Er hat Heuyer konsultiert, das weiß ich. Und überhaupt, sehen Sie sich das Ergebnis an! Das junge Mädchen ist aus dem Weg geschafft, der eine Sohn setzt keinen Fuß mehr nach Marlieux, die Mutter ist im Begriff wahnsinnig zu werden, der ältere trinkt. Glauben Sie, die halten das noch lange aus?»

Widersprüchliche Überlegungen ergriffen vom Oberst Besitz. Er fand die Anschuldigung schrecklich und weigerte sich, sie zu glauben. Aber die Kabale, die Tronchet und seine Helfershelfer in der Militärkommission gegen ihn angezettelt hatten, war nicht weniger verabscheuungswürdig, und für die Sache hatte man ihm

Beweise geliefert, er mußte sie wohl oder übel glauben ... Eine Karriere zerstören, eine Familie entehren, das paßte zusammen. Und Militärs werden wie Verbrecher, wie Wilde behandelt! Wir sind Unschuldige, Engel, Dummköpfe. Als der Pfad abfiel zur Straße hin zu den Villen, hielt er es für besser, die Atmosphäre etwas zu entspannen, und erklärte in einem erzwungenen Lächeln:

«Sagen Sie, Doktor, wäre es nicht vielleicht klug, wenn ich mich ein bißchen vorsehen würde? Sollte ich mich nicht, drei Viertelstunden von der Hauptstadt entfernt und nichts als der einflußloseste Zivilist der Welt, vor unserm Bürgermeister in acht nehmen wie vor dem Häuptling eines nur schlecht besiegten Stammes?»

Couard antwortete: «Warum nicht?» Er schien es zu bereuen, daß er geredet hatte. «Glauben Sie mir, daß ich nicht ...»

Ausnahmsweise blieb dieser Satz in der Luft hängen, und die Stille nahm ihn auf.

«Aber ich danke Ihnen von ganzem Herzen», sagte der Oberst.

«Der Hüter unseres Paradieses verfolgt uns, scheint's», sagte da der Arzt mit einer Stimme, die ihr Gleichgewicht wiedergefunden hatte. «Er hat offenbar gesehen, wie ich Ihnen auf dem Platz begegnet bin, und hat die Abkürzung genommen.»

Mit dem Brevier in beiden Händen und gesenkter Stirn erging sich Abbé Sirod edel auf der menschenleeren Straße. Er trug sein ewiges Barett, dessen Quaste im herrlichen Septemberlicht wie eitle Trauer wirkte. Der Oberst ahnte, daß Dr. Couard seine Gedanken nur mühsam zurückhielt. Sie liefen jetzt auf die paar Worte hinaus: «Was für eine Gegend. Ich verlasse Sie. Ich gehe zu meinen Bakterien zurück. Ein Vergnügen, Sie zu sehn.»

Seine kleinen, trockenen Schritte wurden eilig, und er ging rasch davon. Als er am Pfarrer vorbeikam, grüßte er ihn mit einem kurzen Lüften des Huts – toc toc. Der Pfarrer wandte den Oberkörper in seine Richtung, verbeugte sich, entblößte sein Haupt mit einer großen Bewegung, und seine weißen Haare glitzerten in der Sonne. Dann nahm er sein Brevier wieder hoch, als hätte er nicht die mindeste Ahnung, daß der Oberst auf ihn zukam. Der Oberst zuckte die Schultern. An einem andern Tag hätte er darüber gelächelt, aber dieser Morgen hatte wirklich schlecht angefangen.

«Herr Pfarrer, guten Tag.»

«Unser hervorragender Oberst Moine!» Der Pfarrer hob die Hand an sein Barett, zu einem wohlwollenden militärischen Gruß, der seine Würde unterstrich. «Ein Willkommen dem ruhmreichen Kind unsrer bescheidenen Gemeinde! Ihre Antoinette wird Ihnen meinen Wunsch übermittelt haben, Ihnen einen Besuch abzustatten? Aber Sie gehen gerade spazieren ... Unser guter Doktor hat Sie doch eben verlassen, oder? Ich wette ...»

Wie alle Neugierigen redete der Abbé in einem fort, aber absichtlich. Er hatte die Erfahrung gemacht, daß eine Unterhaltung, in die man einige geflüsterte Enthüllungen einfließen läßt, im Gegenzug oft zur Preisgabe eines Geheimnisses führte. Dieses Vorgehen war nicht unfehlbar, beim Oberst würde es kaum zu einem Erfolg führen, aber der Abbé wußte kein anderes.

«Ich wette», wiederholte er, «daß Monsieur Couard Ihnen Schlechtes über das Schloß erzählt hat. Doch, doch, ich kenne ihn ... Seien wir nachsichtig mit ihm, auch wenn er sich einem ungerechtfertigten Rachegefühl hingibt. Wer unter uns hätte nicht seine kleinen Schwächen, mein Gott! ... Sie haben ihre Villa sehr, sehr, sehr teuer verkauft», betonte er und wurde plötzlich ernst, «unglaublich teuer! Nun ja, schließlich fanden sie einen Käufer für diesen Preis, um so besser für sie. Auf dieselbe Weise sind sie um einen Apfel und ein Ei an ihr großartiges Haus am Großen Platz gekommen. Und dazuhin haben sie dadurch auch noch Zugang zum Schloß bekommen! Sie wurden zu den Veranstaltungen eingeladen, die diese Herren Gartenparties nennen. Sie haben am Wahldinner des Herrn Baron teilgenommen, wir haben sie dort gesehen. Nur –» und er senkte die Stimme – «nur hatte unser Doktor auch den Ehrgeiz, die Familie zu behandeln ... Das war nun wirklich übertrieben! Wofür sollen denn all unsere Klinikärzte, unsere großen Spezialisten, unsere Gelehrten gearbeitet haben, wenn sich die Persönlichkeiten des öffentlichen Lebens nicht mehr an sie wenden? Dieser ausgezeichnete Doktor hat nicht verstanden ... Es dauert nicht lange, und man hält sich für wichtig in unsern Dörfern ... Eines Tages hat er sogar ein Wort der Enttäuschung fallenlassen ... Bei sich zu Hause, schon ... aber bei offenem Fenster!» Und der Pfarrer breitete die Arme aus bei der Erinnerung an soviel Unklugheit. «Der Himmel wollte, daß nur wir es hörten! Er hat wörtlich gesagt: ‹Wenn man mich ins Schloß ruft, dann bloß wegen der Stallknechte!› Der Ärger hat ihn grausam gemacht. Verdient ein Stallknecht nicht dieselbe Pflege wie irgendein Geschöpf Gottes? Sicher kann die christliche Nächstenliebe nicht in der Seele eines Heiden aufblühen, das ist wahr. Sie haben ihn sicher in derselben Stimmung erlebt, nicht wahr?»

«Herr Pfarrer», sagte der Oberst, «die Stimmungen des Doktors interessieren mich nicht.» Abbé Sirod stutzte merklich, sein ganzes Gesicht antwortete: Wie kommen Sie darauf, daß sie mich interessieren! – «Ich freue mich, daß ich Sie sehe, denn ich sorge mich um meinen Freund Redoux.»

Ein Leuchten ging über die grauen Augen des Pfarrers. «Ich wollte gerade fragen, welchen Eindruck Sie von ihnen hatten? Nicht aus Neugier, bei Gott! Sondern ich bin beunruhigt, sehr beunruhigt! Gott hat ihnen das Ehrenzeichen gegeben, wir wissen es. Und jetzt, können Sie das glauben, lieber Oberst, sehen wir sie nicht mehr! Seit sechs Monaten hat sich keiner von ihnen mehr der Heiligen Tafel genähert ...»

«Hat die Kleine unter Ihrem Einfluß den Schleier genommen?»

Die Frage war kaum eine. Der Pfarrer faltete die Hände und seufzte.

«Ich wäre glücklich und stolz darüber», sagte er, «aber nein. Ich wurde davon sogar nicht einmal früher als die Familie unterrichtet. Sie gehörte zu meinen Schäfchen, ich mochte sie gern, die gute Marie-Thérèse! Aber ihre Frömmigkeit war – nun ja, normal, normal, für die jungen Leute von heute. Aber der Himmel braucht keinen alten Landpfarrer, um eine Seele zu erleuchten! Ich habe danach mehrmals die Eltern besucht. Ich mußte bedauerlicherweise feststellen, daß ihnen meine Gegenwart mehr Kummer als Hilfe brachte. Denken Sie, sie kamen nicht einmal mehr zur Messe! Na schön, Madame Redoux gab mir zu verstehn, daß ihr Gesundheitszustand ihr nicht gestatte, aus dem Haus zu gehn, gut. Aber Monsieur Redoux! Aber die Söhne! Möge die Fürsprache des guten Kindes ihnen das Erbarmen des Herrn erhalten! Der Jüngste lebt in Paris, sagt man. Wahrscheinlich nicht allein, oder?»

«Das weiß ich nicht», sagte der Oberst.

Sie waren bei seinem Haus angekommen.

«Sie werden uns hier für lange erhalten bleiben?» fragte der Pfarrer mit wirklich väterlicher Fürsorge. «Sie müssen sich sehr allein fühlen in dem großen Haus, jetzt, da Sie ihre liebe Mutter verloren haben.»

Heiliger Apostel, dachte der Oberst. Du möchtest wohl gern aufs Schloß tragen, daß wieder was frei wird! Um diesen Inquisiteur, von dem er nichts erfahren konnte, loszuwerden, beschloß er, dringende Arbeiten vorzuschützen. Aber eine letzte Frage kam ihm auf die Lippen.

«Man hat mir erzählt – ich verfolge da einen kleinen Gedanken, entschuldigen Sie –, daß es da Heiratspläne gab – das hab ich nicht von Dr. Couard!» stellte er mit einem boshaften Lächeln fest – «zwischen einem Kind des Barons und der kleinen Redoux.»

Abbé Sirod hob die Arme zum Himmel und rief aus:

«Wer kann Ihnen das gesagt haben, wer? Die Neugier der Welt ist ohne Grenzen, bei Gott! Ihr gelingt es, in alle Geheimnisse einzudringen! ... Ja, es stimmt.»

«Sicher ein alter Vorsatz, aus dem dann nichts mehr wurde?»

«Alt von heute aus gesehen», antwortete der Pfarrer, immer noch ganz erstaunt. «Er war nicht alt, als das gute Kind von der Gnade berührt wurde. Anderthalb Monate vorher, oder nicht einmal ganz fünf Wochen vorher, hatte mir Madame Didier, die Gattin von Monsieur Didier – des zweiten Sohns des Barons, wie Sie wissen – mir anvertraut: ‹Nun, Herr Pfarrer, wir werden bald von der Hochzeit meines Schwagers Xavier mit der jungen Redoux hören!›»

«Was!» rief der Oberst.

«Sie sind überrascht!» sagte der Pfarrer, den seine Revanche vergnügt machte. «Ich war das nicht weniger als Sie. Wenn Madame Didier mich nicht gebeten hätte, das als Geheimnis zu behandeln, dann hätte ich die Familien benachrichtigt. Aber die Diskretion, nicht wahr? Und dann hat Gott alles ausgelöscht auf seiner großen Schiefertafel ...»

Der Oberst wollte die Unterhaltung jetzt nicht gern abbrechen.

Er stieß das Tor auf. Abbé Sirod zog seine Uhr zu Rate und prüfte sie besorgt.

«Mein Gott!» sagte er, «wir beerdigen heute morgen die Mutter Piana. Ich habe gerade noch Zeit, mich vorzubereiten. Sehen wir uns heute nachmittag wieder?»

Seine Augen funkelten. Seine Neugier hatte Zeit für mehr Gelegenheiten.

Der Oberst betrat sein Haus in einem Zustand der Verwirrung und eines Ekels, der ihm Übelkeit verursachte. Warum war er nicht bei dem gediegenen und guten Bericht von Antoinette und Hubert geblieben? Aber gerade weil die beiden so saubere Gestalten, solche Ausnahmen waren, hatten sie ihm zweifellos eine zu einfache Sicht des Problems geliefert. Sie beschränkten sich auf den Sohn Tronchets und Marie-Thérèse. Der Arzt und der Pfarrer sahen da weiter, nicht bloß auf Grund ihrer Vermutungen und Entdeckungen, sondern weil sie mit Wut und Lust ihre Intrigen und ihre Durchtriebenheit hineinmischten. Der Arzt verachtet Tronchet aus niederen Motiven, da hat der Pfarrer recht, man kann ihm schwer glauben. Aber der Pfarrer liegt vor ihnen auf dem Bauch und führt den abscheulichen Verrat fort, der die Kirche an die Schlösser bindet, er trägt kein Knechtsgewand, sondern die Livree! Und was soll man von diesem Geständnis der Schwägerin halten? Hatte sie frei und offen gesprochen? War das bloß so hingesagt über eine Liaison, über deren Dauer diese Banknotenritter schon lachten? Oder entsprang sie bloß der Einbildungskraft des Pfarrers, oder war sie ihm von seinen Herrn eingeblasen worden, um sie vor Angriffen in der Art Couards zu schützen? Der eine wie der andere, Arzt und Pfarrer, boten sich nacheinander als Wegweiser an, aber jeder wies in seine Richtung, und am Ende war da eine Fußangel. Und das Tollste war, daß einer von ihnen, so sehr er sich auch darüber lustig machte wie über seine ersten Windeln, tatsächlich zur Wahrheit führen mußte. Wo verbarg sich die? Sie wurde aufreizend wie unsichtbare Salven, die von allen Seiten widerhallen, und man hat zu wenig Leute, um überall patrouillieren lassen zu können. In dem Augenblick, in dem die Affäre Redoux in die Masken einer Affäre Couard, einer Affäre Abbé, einer Affäre

Tronchet schlüpfte und ein höchst merkwürdiger Fluch bescheiden zu sagen schien: Wenn du anfängst, dich mit mir zu beschäftigen, mußt du dich mit der ganzen Welt beschäftigen, bis du zu dir zurückkehrst (und es gab ja auch eine Affäre Moine!) – in diesem Augenblick entschied sich der Oberst, sich ausschließlich mit der ersten Affäre zu beschäftigen, um der Zwangsvorstellung eines allgemeinen Fluchs zu entkommen. Noch heute abend werde ich zu den Redoux zurückkehren, sagte er sich. Und ich – er erinnerte sich, wie der Pfarrer seine eigene Diskretion und der Arzt die von Madame Couard herausgestrichen hatten –, ich werde nicht diskret sein!

«Da sind Sie ja wieder, Herr Oberst», sagte Antoinette. «Da liegt ein Brief für Sie auf dem Schreibtisch. Mémène hat ihn gerade gebracht.»

In der armseligen Schrift, die sie ihrem Zittern abgerungen hatte, sagte Adrienne:

Lieber Freund,

wir haben uns gestern abend nicht richtig gesehn. Ich muß mit Ihnen sprechen. Fernand und Pierre kommen heute später nach Hause, Sie werden mich nachmittags also allein antreffen, wann immer Sie wollen, ich warte auf Sie.

Ich glaubte, ich könnte noch lange so weitermachen wie seit sechs Monaten. Aber gestern abend habe ich gemerkt, daß ich meine Kräfte überschätzt habe. Fernand hat Sie immer als seinen besten Freund betrachtet, ich habe gespürt, daß Sie auch der meine sind. Vor einem solchen Freund kann man nicht schweigen. Kommen Sie, ich bitte Sie darum.

Adrienne

Offenbar, dachte der Oberst, ist das Gottes Wille.

8

Trotz der halbgeschlossenen Vorhänge füllte der Glanz der Sonne den Salon. Heute erkannte der Oberst ihn wieder, mit seinen Stühlen und Sesseln im Stil Louis XVI., bis zum Rohrgeflecht hinauf vergoldet, mit seiner Chaiselongue und dem Polsterhocker im Stil Louis-Philippe, seinen zwei Empiretruhen, den fünf oder sechs Tischchen in verschiedensten Stilen und Formen, seinen Bronzen, seinen Marmorstatuetten, seinem Meißner-Porzellan, seinen Kissen, Spitzendecken und seinen Riesengemälden in ihren ungeheuren Goldrahmen – Fischer im Kampf gegen den Sturm, Hiob in seiner Asche, Kühe an der Tränke –, die auch an Gold erinnerten, an das Gold der Medaillen, die ihre Hersteller dafür wohl in irgendeiner bedeutenden Ausstellung gewonnen hatten. Das Auge des Oberst suchte unwillkürlich die Wandlampe mit dem olivgrünen Schirm in ihrer Ecke. Prätentiös und fern, ein Gigantenskelett unter einem dieser lächerlichen Glockenschirme, wie die Mode sie verlangte, hing sie schmollend in der Ecke und wartete auf ihre Stunde. Wenn die Sonne scheint, fragte er sich, warum hat man dann Angst vor der Abendbeleuchtung? Aus Koketterie? Der armen Adrienne bekam das große Tageslicht gar nicht gut. Der zu weiße Puder konnte ihre Falten nicht überdecken und ließ ihre violetten Augenlider hervortreten. Vielleicht war das auch beabsichtigt. Gestern hatte sie noch hinter ihrem Äußeren Zuflucht gesucht. Heute war sie entschlossen, sich zu offenbaren. Der Oberst stellte sich vor, wie sie selbst die Vorhänge geöffnet hatte, nicht zu weit – aber das war schon eine große Überwindung! Ihre ernste Kühle, die sie immer davor bewahrt hatte, kokett zu sein, hatte sie wenigstens nicht daran gehindert, sich zu pflegen. Seit sie vor dreißig Jahren gekommen war, um sich, mit den Worten Fernands, am Herd der Cordon-Riquier-Redoux niederzulassen, hatte der Oberst sie nie anders als untadelig gesehen, selbst an den heißesten Tagen im Garten oder in einem Fensterrahmen in der Dämmerung. Weder schmucklos noch provinziell: eben untadelig. Im Grund hat ihr immer Charme gefehlt, dachte er. Er entdeckte plötzlich die Ursachen eines Vorurteils, das er unbewußt seit dreißig Jahren empfunden hatte. Adrienne, sagte er sich, herrscht seit dem Tod der alten Dame über dieses Haus: wo sind die Zeichen ihrer Herrschaft? Diese perfekte Ehegattin, diese exzellente Hausfrau hatte die Einrichtung dieses Salons ebensowenig geändert wie den Charakter ihres Mannes. Kein Gegenstand hier war nicht vor ihr dagewesen, keiner verdankte sich ihrer Aufmerksamkeit, ihrer Wahl! Entweder fand sie das schön, oder sie zeigte ihren eignen Geschmack nicht. Aber man brauchte ja nur zu sehen, wie sie sich immer kleidete, sogar heute. Sie ist vor dreißig Jahren zu Besuch gekommen, und dann hat sie vergessen abzureisen. Besaß sie ein Land für sich selbst, irgend etwas zum Träumen? Oder war sie vielleicht, wie viele Unglückliche, so gleichgültig und so ruhig, weil es ihr an Ausstrahlungskraft fehlte? Wie konnte man ohne die aber Kinder erziehen? Die lieben doch nur Menschen, die etwas ausstrahlen. Ich auch.

Der Oberst senkte den Kopf. So war das Risiko nur halb so groß, aber er hatte immer noch Angst vor dem, was man alles in seinem Blick lesen mochte. Adriennes Augen waren nach dem Dank für sein Kommen wieder blind geworden. Sie strickte wieder, aber im Tageslicht war das Strickzeug nicht schwarz, sondern blau; jetzt konnte man es ertragen. Und dann war man's ja auch gewöhnt ...

«Rauchen Sie, machen Sie es sich gemütlich», sagte die matte Stimme. «Germaine wird Tee machen. Das ist etwas Neues, nicht wahr, wir beide allein zusammen?» Ein Lächeln huschte rasch über das düstere Leidensgesicht. «Wissen Sie, daß Sie ein schrecklicher Mensch sind? Madame Moine sagte immer wieder in ihren letzten Tagen: ‹Vor Sébastien kann man nichts verheimlichen!› Und ich dachte für mich: Das ist die Mutterliebe ... Gestern abend habe ich begriffen, wie recht sie hatte.»

«Sie hatte niemals etwas zu verheimlichen, die Liebe», murmelte der Oberst zärtlich.

«Und ich», sagte Adrienne, «ich höre mit dem Verheimlichen gar nicht mehr auf ... Schreckliche Dinge», ihre Stimme wurde etwas kräftiger, «Dinge, die man auch mir verheimlicht! Ich weiß nicht, ob es richtig ist, wenn ich spreche. Wenn ich ruhiger wäre, oder im Gegenteil ... Aber seit gestern weiß ich, daß es sein muß.

Sie können sich überhaupt nicht vorstellen, welche Wirkung Sie hatten. Die ganze Nacht habe ich an Sie gedacht! Ich habe mir immer wieder gesagt: Vor Sébastien kann man nichts verheimlichen ... Ich will ihm nichts verheimlichen. Und vielleicht verheimlichen ihm die andern dann auch nichts mehr?»

Sie legte das Strickzeug hin, schaute den Oberst an, dann ihre Hände, die sie faltete, damit sie zu zittern aufhörten. Ohne die Augen zu heben, sagte sie in einem Atemzug: «Sébastien, ich bin sicher, daß Marie-Thérèse nicht ins Kloster gegangen ist.»

Weil sie die Stirn gesenkt hielt, sah Adrienne nicht, wie dem Oberst das Blut in die Wangen schoß. Dieser aufrechte Mann, dieses reine Gewissen, das an die Gesetze des Krieges glaubte und Greuel nur zuließ, wenn ein würdiges Ziel sie vergessen machen konnte, dieser Vauvenargues-Leser – wenn er auf Schändlichkeit und Schmutz stieß, verspürte er am ganzen Körper einen plötzlichen Aufruhr von Scham. Dem folgte eine noch wildere Wut. Der niedergeschmetterte Zeuge, den eben noch für den Schuldigen die ersten Gewissensbisse bedrängten, verwandelte sich in den Richter, in die Gerechtigkeit. Aber heute blieb diese Verwandlung aus. Die Scham empfing die Wut, ohne ihr Platz zu machen. Weder die eine noch die andre wußte, gegen wen sie sich wenden sollte. Gegen Marie-Thérèse, die Heuchlerin, ehrlos und frevlerisch – oder gegen Adrienne, die wahnsinnig geworden war und in ihrem Wahnsinn verderbt? Der Oberst erinnerte sich an den Brief der Kleinen. Er dachte laut: «Das ist unmöglich!»

Adrienne öffnete die Augen, zeigte ihm ihr Elend und auch eine ganz ungewöhnliche Anspannung. Das ist nicht der Blick einer Wahnsinnigen, sagte er sich. Das ist der Blick einer Unglücklichen und Gequälten. Sechs Monate lang hat sie gegen das Geheimnis gekämpft, aber es existiert! Ich darf sie nicht vor den Kopf stoßen.

«Es gibt Dinge, die scheinen unmöglich, und doch sind sie da», sagte sie langsam. «Und jeden Morgen wacht man mit dem schrecklichen Gedanken auf, daß sie da sind. Das umgekehrte Leben: das Erwachen ist's, das den Alptraum bringt!»

Der Oberst gab sich Mühe, sanft zu sprechen.

«Sie sind also sicher, daß sie nicht ins Kloster gegangen ist. Wissen Sie nicht, wo sie ist?»

Die feinen Nasenflügel zitterten. Adrienne antwortete, und ihre Stimme behielt das Gewicht, das die Sicherheit gibt:

«Bei wem sie ist ...» Ihr Ton wurde plötzlich flehend. «Drängen Sie mich nicht. Drängen Sie mich nicht, mein Freund. Ich bin wie ein Wesen, das aus einer Höhle kommt ... Aber reden oder schweigen: wie ist es möglich, daß ich so an ... meine Tochter denken muß!»

Die Scham des Oberst kehrte sich nun gegen sich selbst. Er überlegte, daß eine Mutter ihr Kind nicht beschuldigt, ohne ihm vorher nicht alle nur möglichen Entschuldigungen gesucht zu haben. Er stellte sie sich zusammen mit Marie-Thérèse vor, und wie sie zu ihr sagte: Was hast du getan? Mit welchen Sünden hast du dich befleckt? Und Marie-Thérèse antwortete, ja, er hörte sie antworten: Was weißt du von der Liebe, alter Dummkopf! Er hüstelte, um wieder zurückzufinden, denn seit einem Augenblick sprach Adrienne, und er hörte nicht zu, das war unverzeihlich. Er erfaßte eine letzte Klage:

«Glauben Sie, man kann ein solches Schweigen ertragen?»

Adriennes Augen irrten jetzt in die Ecke mit dem Wandleuchter.

«Warum haben Sie Fernand nichts anvertraut?» fragte er.

Sie antwortete: «Oh, ich spreche nicht bloß von meinem Schweigen! Nein, ich spreche von dem Schweigen eines jeden, von dem Schädel eines jeden, in den ich eindringen wollte, um zu erfahren, was er weiß ...»

Sie sagte diesen glühenden Satz ohne Feuer, sie hatte sich dieser Worte bedienen müssen, um ihrem eignen Schädel zu Hilfe zu kommen.

Der Oberst sagte ungläubig: «Sie nehmen an, daß Fernand ...»

Sie unterbrach ihn. «Er? O nein! Er, er glaubt nichts», sagte sie mitleidig, «er glaubt dem Brief! In seinen Augen bin ich die, die schweigt. Sie haben mich gefragt, warum ich mich ihm nicht anvertraut habe ... Ich hatte Angst, er richtet ein Unheil an ...» Der Oberst machte ein beruhigtes Gesicht, ihr leerer Blick sah das nicht. «Er ist ein ruhiger Mensch, aber Sie wissen nicht, wie sehr er Marie-Thérèse liebte! Ich habe oft gedacht, daß er wohl sehr stolz darauf war, eine Tochter gezeugt zu haben, die seinen beiden Müttern so sehr ähnlich ist, war die doch eine Cordon-Riquier wie aus dem Buch! Und Georges! Wenn ich diese beiden Kinder nicht selber ausgetragen hätte, ich könnte glauben, ich wäre an ihrer Entstehung gar nicht beteiligt gewesen. Und trotzdem gehören sie auch mir, Georges, Marie-Thérèse! Und jetzt ...»

Das war das erste Mal, daß der Oberst sie eine Meinung sagen hörte über die beiden Frauen, die hier geherrscht hatten, wirklich geherrscht hatten. Ihm erschien das irgendwie ungerecht, und er scheute sich nicht, es zu sagen: sie hatte sich mit dieser Bemerkung offenbar erleichtert.

«Ihre Schwiegermutter und vor allem deren Mutter bewiesen Autorität und unleugbare Herrschsucht. Weder von der einen noch von der andern kann man sich vorstellen, daß sie eine unüberlegte Handlung erlaubt hätten!»

«Weil ihnen niemals irgend etwas Widerstand leistete», sagte Adrienne. «Es hat genügt, daß ich versucht habe, Marie-Thérèse die Augen zu öffnen, um ... alles in Unruhe zu bringen. Die schlimmste aller Revolten! Und dann dieser Aufbruch, dieses Weggehn ...»

Sie schloß die Augen. Keinen Augenblick gestern abend hatte sie so unglücklich gewirkt. Die Hände zitterten und lagen fahl auf dem blauen Strickzeug.

«Was haben Sie denn im Dorf gehört?» fragte sie plötzlich.

In beiläufigem Ton erklärte der Oberst:

«Marie-Thérèse war mit dem jüngsten Sohn der Tronchets verlobt ...»

«Verlobt?» wiederholte sie mit einem kleinen bösen Lächeln. «Hingegeben, ausgeliefert! Sie war seine Mätresse, verstehen Sie? Seine Mätresse! Und wissen Sie, wo sie sich trafen? Vor unserm Tor, hier!» Mit schauderndem Finger zeigte sie in die Richtung der ersten Villa, der Villa Taradeau, die der Baron damals Xavier gegeben hatte. «Und wir glaubten, der Besitzer hätte sie aufgegeben! Wir freuten uns über den verwilderten Garten in unserer Nähe! Wir haben den Zaun verfallen lassen, den Zaun!»

Der Oberst glaubte, Adrienne höhnte noch immer. Aber sie weinte mit trockenen Augen – und was sollte er antworten?

«Ich hatte nie die Idee, aus Marie-Thérèse eine alte Jungfer zu machen», fuhr sie fort, «das schwör ich Ihnen. Sie lebte frei wie die

Luft, seit Jahren haben wir sie angestachelt zu heiraten, wir selbst haben ihr ausgezeichnete Partien angeboten. Sie schlug sie alle aus, es war nicht unser Fehler. Wie konnte ich ahnen, daß es da in ihrem Leben eine solche Sache gab! Sie wirkte so offen und klar! Und natürlich haben es alle draußen gewußt! Nur wir nicht! Selbst Georges und Pierre wußten es! Das war eine Verschwörung, eine Verschwörung ... der Schande!»

«Aber Adrienne», sagte der Oberst mit seiner sanftesten Stimme und versuchte diese schreckliche unbewegliche Erregtheit zu mildern, «wenn sie doch nicht ins Kloster eingetreten ist, wenn Sie den Verdacht haben, daß sie mit diesem Burschen weggelaufen ist, dann kann sich doch noch alles einrenken? Durch eine Heirat vielleicht?»

Sie fuhr auf, dann suchte sie tastend die Nadeln des Strickzeugs, wie um sich daran festzuhalten.

«Sind Sie verrückt?» flüsterte sie entrüstet. «Eine Heirat ... eine Heirat mit Xavier Tronchet? Aber ein Xavier Tronchet heiratet nicht, dafür hat er Beweise geliefert! Sie nennen ihn ‹diesen Burschen› ... Aber ‹dieser Bursche› ist nur zehn Jahre jünger als Sie! Und Sie sind stark und gesund, Sie, Sie sind schön, Sie sind ein Mann! Ja, wenn Sie mich in Ihrem Alter um die Hand von Marie-Thérèse gebeten hätten, ich hätte sie Ihnen sofort gegeben, ohne auch nur im mindesten das Gefühl zu haben, daß ... Mißverhältnisse zwischen Ihnen beiden wären! Dagegen hat dieser ‹Bursche› nichts getan als ausschweifend gelebt, und was, denken Sie, ist er mit seinen vierzig Jahren geworden, nichts als eine abgenutzte, erledigte Kreatur, wie das man sie sich niedriger, gemeiner nicht vorstellen kann.»

Der Abscheu ließ ihre Augäpfel blitzen, sie war wie eine Schwerkranke, wenn das Fieber kommt. Sie schmeichelt mir mit ihren Vergleichen zwar sehr, dachte der Oberst, aber sie übertreibt. Glaubt sie denn noch die Wahl zu haben?

«Unglücklicherweise», sagte er, «geht es nicht darum, Tronchet zu verurteilen, sondern einen Fehler wiedergutzumachen.»

«Glauben Sie, daß er dazu in der Lage ist?» erwiderte sie heftig. «Ja, und selbst wenn wir diese verrückte Idee akzeptieren wollten, er würde nur darüber lachen! Das ist kein Mitgiftjäger, der hat so viel Geld, daß er nicht weiß, was er damit machen soll; er ist ein Jäger auf die Schnelle! Ein Schürzenjäger! Sie wissen in Ihrer Unschuld nicht, was das ist! Er verführt, er amüsiert sich, er spielt, er zieht sie in die größten Dummheiten hinein, und beim ersten Rock, der vorbeikommt, dreht er sich wieder um, dreht sich wieder um – und ködert wieder! Denn ein Mann wie der verliert nie den Kopf! Mir hat Marie-Thérèse auch vom Heiraten erzählt! Sie hat's mir laut und deutlich vorbuchstabiert: ‹Wir werden heiraten!› Und wie sie weinte ... Wie sie weinte, Sébastien ... Aber das war aus Wut über mich – ich bin sicher, daß Fernands Großmutter in ihrer Jugend ganz genauso geweint hat!»

Adrienne fuhr zusammen, es hatte geklopft. Es hatte dreimal geklopft. «Das ist Germaine», sagte sie mehr zu sich als zu ihrem Gast. «Kommen Sie herein, Germaine.» Germaine stellte das Tablett neben den Oberst, als wollte sie ihn einladen, sich zu bedienen. Aber Adrienne sagte: «Schenken Sie den Tee ein, meine kleine Germaine.» Germaine füllte die für Adrienne bestimmte Tasse nur zur Hälfte und ließ dann, wie zum Ausgleich, die des Oberst überlaufen. Adrienne runzelte die Brauen.

«Du hast geahnt, daß ich niemals Zucker nehme!» sagte der Oberst zu diesem schönen großen Mädchen, das noch kurze Röcke trug, als er von hier wegging; sie war die Tochter von Valérie und Quincieux, den Freunden von Antoinette und Hubert (Gott, wie erholsam war es, mit einfachen Menschen zu tun zu haben!).

Germaine warf ihm einen dankbaren und vertrauensvollen Blick zu, der ihn anflehte, alles in Ordnung zu bringen und wieder Leben in dieses Haus zu schaffen, das sie nur als tragisch und voller Verzweiflung kannte. Dann verschwand sie. Adrienne zeigte auf den Teller mit dem Buttergebäck, sie selber wollte nichts. Sie wollte trinken; ihre Hand zitterte so sehr, daß sie die Tasse, die sie kaum hochgehoben hatte, gleich wieder absetzte. Da war immer eine Wand zwischen Adrienne und mir, sagte sich der Oberst. Aber heute hat sie mich hinter diese Wand gerufen, sie braucht mich, damit ich sie befreie. Ich muß Einzelheiten wissen, ich darf nicht diskret sein!

«Erzählen Sie», sagte er.

Adrienne versuchte, eine Nadel in eine Masche zu stecken, gab das aussichtslose Unterfangen aber auf; ihr ganzer Körper schien damit alles aufzugeben.

«Das muß sein, nicht wahr?» murmelte sie. «Als die Kinder klein waren, da sagten sie auch zu mir: erzähl ... Ich hab Geschichten zu erfinden versucht, schöne Geschichten ... Und nun muß ich eine Geschichte über mein eigenes Kind erzählen ... eine traurige, häßliche Geschichte! Was wollen Sie hören?»

«Nun ja», sagte er etwas ungeduldig, «alles, was Sie wollen! Zum Beispiel diese Szene zwischen Ihnen beiden? Wann hat sich die abgespielt? Unter welchen Umständen?»

Adrienne senkte die Lider.

«Am Dienstag ... Nein, am Abend davor! ... Sie ist am Dienstag gegangen ... Montag, da habe ich einen anonymen Brief bekommen, einen Dreck ... wenigstens glaubte ich, es sei ein Dreck! Es war die Wahrheit! Ich hab ihn Marie-Thérèse gezeigt. Sie hat mir geantwortet: ‹Na und?› Wie eine Herausforderung, wie eine Beleidigung! Ich glaubte, die Welt ginge unter ...» Die Stimme verstummte, Adrienne hatte sich offenbar in die schreckliche Erinnerung zurückfallen lassen. «Sie hat vom Kloster geredet, ja, aber nur so nebenbei, ohne daran zu glauben! Sie wissen, solche Sätze: ‹Wenn man mich zwingt ...› Als ich ihr geantwortet habe: ‹Ich würde dich bestimmt lieber dort sehen als in den Armen dieses Mannes!› – da hat sie ihre Ansicht geändert! ‹Ich werde mit ihm weggehen! Ich werde mit ihm weggehen!›»

«Hatte der Brief etwas von Weggehen gesagt?»

«Wie?» fragte sie wie ein Schlafender, den man plötzlich mit einer Frage aufweckt, von der er nicht sicher ist, ob er sie nun gehört hat. «Der Brief? Nein. Der Brief beschränkte sich darauf, mir mitzuteilen, daß Xavier Tronchet der Liebhaber meiner Tochter sei, war denn das nicht genug? Daß sie sich in der Villa Taradeau träfen, und das schon seit vier Jahren!» Adrienne fröstelte. «Vier Jahre ... Wir haben wie die Lumpensammler diskutiert ... Ich habe sie angefleht, habe ihr gedroht, hab sie alles geheißen. Sie hat mir mit einer Wildheit widerstanden, die niemand sich jemals vorstellen kann. Am Schluß hab ich ihr gesagt: ‹Laß uns warten, bis dein Vater wiederkommt, dann können wir besser darüber sprechen!› Sie wissen, er war auf Reisen. Sie hat nichts geantwortet, aber sie hatte das Aussehen von Leuten, die nicht nachgeben, die niemals nachgeben! Die auch nicht vergeben können, gerade weil sie selbst Vergebung brauchen! Das Aussehen ihrer Ahnin ...»

Die Augen flüchteten wieder. Man sah, wie die Brust sich hob, wie nach einem Lauf oder in Angst.

«Und dann», sagte der Oberst erbarmungslos, «als die Diskussion zu Ende war? ...»

«Sie muß wohl weggegangen sein ... Ja, sie ist weggegangen, sie muß wohl nach Paris gefahren sein, denn sie ist abends mit Georges und Pierre zurückgekommen. Ich war schon zu Bett, ich konnte nicht mehr ...»

«Und am nächsten Tag?»

Einfach so, als ob es sich um jemand anders handelte, schüttelte Adrienne den Kopf und sagte: «Wie Sie mich quälen ...»

Der Oberst fühlte, wie ihm die Hitze ins Gesicht stieg, er leerte die Tasse in einem Zug. Dann, im Ton verletzter Höflichkeit: «Entschuldigen Sie, ich bitte Sie, lassen wir das ...»

«Nein, nein!» rief sie bestürzt. «Nein! Ich muß Sie um Verzeihung bitten! Am nächsten Tag», begann sie sogleich wie ein Kind, das schwört, nie wieder ungehorsam zu sein, «am nächsten Tag, am Dienstag, dem 10. März, hab ich mich gezwungen hinunterzugehn. Pierre war wie gewöhnlich im Büro, aber Georges frühstückte hier. Wir haben alle drei gefrühstückt, Georges erzählte irgendeine Geschichte von der Fakultät – und Marie-Thérèse hatte den Mut, ihm etwas zu entgegnen. Sie war ungewöhnlich ruhig und ... unbeteiligt. Am Nachmittag mußte ich ausgehen, ein Besuch, den ich nicht aufschieben konnte, nicht wahr, ein Besuch bei einer armen Frau, die jetzt gerade gestorben ist, der Mutter Piana. Und als ich –» die Stimme erstickte – «und als ich heimkam, da lag da auf dem Eßtisch der Brief von Marie-Thérèse an ihren Vater ...» Adrienne rang die Hände. «‹Mama weiß Bescheid!› Was sollte ich tun? Was sollte ich tun? Zu Fernand sagen: das stimmt nicht? Also hab auch ich angefangen zu lügen, hab allen gesagt: ja, es ist wahr, sie wollte in ein Kloster gehn! Ein so ... ein so schrecklicher Brief für mich, Sébastien! ‹Mir ist die Welt verhaßt!› Die

Welt, das konnte nach unsrer Auseinandersetzung nur immer ich sein!»

«Und», fuhr der Oberst nachdenklich fort, «sie behauptete, den Entschluß schon vor Wochen gefaßt zu haben. Nachdem sie alles mit ‹einer Freundin› abgemacht habe.»

«Ja», sagte Adrienne. «Ja.»

«Sie wollte zwischen sich und ihren Vater das Unwiderruflichste stellen, das sie finden konnte. Was für eine Verirrung!»

Er erinnerte sich: ‹Ich stehle mich wie eine Diebin davon, ich bin feige ...› Aber er erinnerte sich auch an die ‹ewige Wahrheit›, die ‹unendliche Güte›, die ‹im Schoß des Herrn vereinigten Seelen›, an Jesus, an seine Mutter, und er mußte sich sehr anstrengen, seinen Zorn nicht ausbrechen zu lassen.

«Meine arme Adrienne, Sie müssen diese Last tragen! Trotzdem, konnten Sie sich nicht anvertrauen ...?»

«Wem denn?» Sie schrie fast. «Sie wissen genau, daß ich niemanden an meiner Seite habe, und soll ich den Schwestern meines Mannes einen solchen ... einen solchen Skandal preisgeben? Wenn wir einen andern Pfarrer gehabt hätten, ja, vor dessen Füße hätte ich mich niedergeworfen! Wenn Sie dagewesen wären, wäre ich vielleicht zu Ihnen gelaufen gekommen und hätte Sie um Rat gefragt. Aber da war niemand! Ich hoffte, daß Pierre ... oder daß Georges ...»

Der Oberst dachte an Georges.

«Ist er mit seiner Schwester weggegangen?»

Adrienne klapperte einen Augenblick lang mit den Zähnen.

«Wo er hier war, als ich wegging, und nicht hier war, als ich wiederkam ...? Er ist abends nicht zurückgekommen, wir haben allein zu Abend gegessen, Pierre und ich. Zu Abend gegessen! An diesem Abend hat dieses Zittern angefangen ... Und das werde ich behalten, da kann Marie-Thérèse zurückkommen, Wunder können geschehn, ich werde mich davon nicht wieder erholen, weil ich mich von dem allem nicht wieder erholen kann! Warum sollte sie übrigens zurückkommen? An dem Tag, an dem ihr Liebhaber sie nicht mehr will, wird sie sich eher das Leben nehmen als hierher zurückkommen. *Sébastien!*» Dem Oberst schauerte. Adrienne hatte sich mit weit aufgerissenen Augen aufgerichtet. «Aber ich will nicht, daß mein kleines Mädchen stirbt, ich will es nicht! Ich liebe sie! Es ist nicht ihr Fehler! Man kann fünfundzwanzig sein und reinfallen wie ein Kind! Sie wußte das nicht! Sie hatte überhaupt keine Lebenserfahrung! Hatte ich die in dem Alter? Wußte ich denn irgend etwas?»

Sie war in ihren Stuhl zurückgesunken und weinte, immer noch ohne Tränen. Der Oberst stand auf, legte ihr seine Hand auf die Schulter. Sie legte eine glühende Wange darauf, dann zog sie sich rasch zurück. Er setzte sich wieder hin.

«Wenn Sie wüßten, wie ich sie sehe!» fuhr sie fort. «Sie sagen, sie ist mit ihm weggelaufen, mit ‹diesem Burschen›. Nein, sie ist für ihn weggelaufen! Er wird nichts an seinen Gewohnheiten geändert haben, da bin ich sicher. Er wird zufrieden sein, wenn er sie wie eine ... wie eine Kurtisane unterbringen kann! Und sie lacht, wenn er da ist, und die übrige Zeit verzehrt sie sich, sie weint! Sie weint ...»

«Sprechen wir von Ihren Söhnen, Adrienne», sagte der Oberst. «Sie haben sie im Verdacht, sie wüßten ...»

«Ja, wie?» antwortete sie und wandte ihm ihr bleiches Gesicht zu. «Mir scheint, daß Pierre nichts wußte, als er an jenem Tag zurückkam ... oder er hat wie ein Dämon Komödie gespielt! Aber in der Nacht, da habe ich über meinem Kopf ein unaufhörliches Gehen gehört ... in seinem ... im Zimmer von Marie-Thérèse! Heraus, wieder zurück, wieder heraus ... Ich hatte Angst, es war unheimlich. Ich wollte aufstehn, hinaufgehn. Ich konnte nicht.»

«Hatte Marie-Thérèse ihn vielleicht beauftragt, Sachen für sie zusammenzusuchen?»

Adrienne schien völlig abwesend, als hätte sie Halluzinationen. Sie antwortete gleichwohl.

«Ich weiß nicht, ich glaube nichts, es fehlte nichts am nächsten Morgen. Marie-Thérèse hatte nichts mitgenommen, nicht einmal einen Koffer! Sie sehen doch, wenn sie in ein Kloster gegangen wäre, dann hätte sie etwas mitgenommen! Während *er* ihr alles versprechen, alles anbieten mußte!»

«Und Pierre, haben Sie ihn nicht gefragt?»

«Hundertmal! Tausendmal! ‹Pierre, was weißt du?› – ‹Pierre, was verheimlichst du mir?› – ‹Pierre, erzähl mir von Marie-Thérèse!› An manchen Tagen nimmt er mich in die Arme und weint, an andern stößt er mich zurück wie ein Ungeheuer, aber das ist alles! Das einzige, was er nicht vergißt, ist das Trinken ... Sie haben ihn gestern abend gesehn. So ist er seit jener Nacht. Er hat meine treue alte Joséphine dazu gebracht, daß sie gegangen ist: er hat sie geschlagen. Wir haben ihn für verrückt gehalten, wir wußten noch nicht, daß er trank. Das ist alles unfaßbar.»

«Und Georges?» fragte der Oberst. «Sie sind erschöpft, meine arme Freundin ...»

Sie versuchte zu lächeln, aber ihr Mund verzog sich nur.

«Nein, wir werden bis zum Ende gehen», sagte sie, «aber danach? Sie sprechen von Georges, von meinem Georges! Wie haben wir uns geliebt, wir beide! Die Leute haben geglaubt, Pierre wäre mein Lieblingssohn, aber das hat nicht gestimmt, Georges war es. Mag er mir auch wie ein Adler einem Murmeltier geglichen haben, er war doch mein letzter, und er konnte so sanft und zärtlich sein! Er hatte viel von der Freundlichkeit seines Vaters ... Und plötzlich geht er weg, verschwindet er? Er will nicht mehr hierherkommen, weil Marie-Thérèse nicht mehr da ist? Der eine geht die ganze Zeit in ihr Zimmer – denn Pierre hat nicht aufgehört damit, da hat Fernand gut reden, ich habe schließlich Ohren –, und der andere will überhaupt nicht mehr ins Haus kommen? Hat unsere Tochter sie gegen uns aufgewiegelt, oder was ist los?»

«Und ihn, haben Sie ihn niemals gefragt?»

«Ich hab ihn seit sechs Monaten nur ein einziges Mal gesehn! Ich hab ihn gefragt, warum er mich verlassen hat. Er hat mir geantwortet, er müsse allein sein, er sei erwachsen, er habe das Recht, sein Leben selber in die Hand zu nehmen ... Ich hab einen Satz begonnen: ‹Marie-Thérèse ...› – er hat mich unterbrochen, wie man einem ins Gesicht spuckt: ‹Laß Marie-Thérèse in Ruhe!› Und er hat sich buchstäblich weggerissen, ohne mir auf Wiedersehn zu sagen, ohne Umarmung! Ich warte immer auf ihn ...»

Adrienne blickte um sich, als ob sie ihn suchte. Sie begegnete dem glänzend blauen Auge und ließ den Kopf sinken.

«Die Tronchets», sagte der Oberst, «macht Ihnen der alte Kauz Ärger? Könnte der anonyme Brief nicht sein Werk sein?»

Adrienne reagierte kaum.

«Warum nicht», sagte sie. Sie konnte kaum atmen. «Wir müssen Fernand fragen, ob sie immer noch versuchen, uns herauszubekommen. Wir haben ruhige Jahre verbracht –» sie sah auf ihre zitternde Hand – «wegen Marie-Thérèse, natürlich! Aber wenn er glaubt, wir gingen, dann täuscht er sich!» Die Stimme schwoll wieder an und sie schrie: «Er täuscht sich! Niemals werde ich von hier weggehn! Wenn mein kleines Mädchen zurückkommen wollte, wo sollte sie uns denn finden? Sehen Sie nicht, wie sie durch die Welt laufen und Mama! Mama! rufen würde?»

Sie ist doch ein bißchen verrückt, dachte der Oberst. Er sagte: «Wollen Sie, daß ich mich einen Abend lang mit Pierre unterhalte?»

Sie schaute ihn an wie Maria, die Schwester Marthas, den Heiland angeschaut haben muß. «Ja, o ja», flüsterte sie eifrig. «Und was auch immer er Ihnen anvertraut, selbst wenn es mir weh täte, sehr weh –» die Worte zogen sich wie ein Rasiermesser, das ihr langsam die Brust aufschneiden würde – «alles ist besser als dieses Schweigen ...»

«Geben Sie mir auch die Adresse von Georges, ich werde ihn am Montag besuchen. Oder ist er noch nicht aus den Ferien zurück?»

Adrienne war wieder in ihr Unglück versunken. Sie antwortete: «Wie soll ich das wissen! ... Ich hatte drei Kinder, jetzt hab ich keins mehr ...»

9

Neugierig öffnete der Pfarrer die Tür selber. Als er den Besucher erkannte, entfaltete er ein breites Lächeln, das aber beim ersten Wort erstarrte.

«Tut mir leid!» sagte der Oberst. «Ich bin nur vorbeigekommen, um Ihnen zu sagen, daß ich nicht komme. Ein unvorhergesehenes Hindernis ...»

Das Hindernis steckte in seiner Kehle. Jetzt, wo er in Adriennes Geheimnis eingeweiht war, verstand er, daß er ihr Schweigen teilen mußte. Außer mit Georges und Pierre wollte er sich mit keinem darüber unterhalten. Er verbrachte eine schlechte Nacht und einen unendlichen Sonntag. Die Messe, neue Dorfbesuche, die abzubrechen er nicht das Herz hatte, eine lange Diskussion über Blumenzucht mit dem jungen Goujon, seinem Gärtner, ein Besuch beim alten Vater Flamboin, der seinen Löffel bald abgeben würde: «Ich bin überall gewesen, wo du gewesen bist, mein Bastien, da warst du noch nicht größer als ein Frosch! Ich wär da so gern noch einmal überall hingegangen! Gehst du wieder hin, sag? Sag mir, daß du wieder hingehst, das ist für mich eins!» Er hatte es ihm gesagt und dabei demütig gedacht: Man lügt als Zivilist tausendmal öfter als beim Militär. Die Flamboins wohnten drei Häuser von den Mammès weg. Aber Hubert war in Paris, und Antoinette hatte Besuch von Valérie Quincieux und Germaine. Und Germaine erzählte gerade die Episode mit der Teetasse. Er blieb zwei Minuten. Als er die Straße wieder hinaufging, sah er aus dem Schloß einen langen schwarz-weißen amerikanischen Wagen herauskommen, der langsam die Kurve in Richtung Paris nahm. Dem Oberst wurde die Ehre zuteil, daß der Herr Baron Tronchet mit einer großen Bewegung höchstpersönlich den Hut vor ihm zog, ein kleiner alter Mann, ganz eingesunken in die gepolsterten Tiefen seiner fahrenden Schmuckkassette, fünfzehn Fuß hinter seinem Chauffeur. So klein und schon so bösartig, dachte sich der Oberst. Das ist hoffnungslos. Er fragte sich einen Augenblick, warum Marie-Thérèse und Xavier nicht geheiratet hatten. Weil sich ein Frauenheld nicht verheiratet? Die arme Adrienne war zu kategorisch in ihrer Verzweiflung. Oder warum dann dies Bedauern, diese Gewissensbisse, Abneigung, Haß, was weiß ich? Marie-Thérèse hätte sich trotzdem nicht im letzten Augenblick für einen Rückzug ins Kloster entschieden. Nein: weder im einen noch im andern Fall hätten Pierre und Georges ihren Eltern gegenüber eine so tragische Haltung eingenommen. Seit dem letzten Abend zogen Hunderte von Fragezeichen unvermittelt an ihm vorbei, wie schreckliche Teufelchen aus dem Kasten.

Er ging gerade durch das untere Dorf, als ein anderer Wagen erschien und ihm in den Weg fuhr – ein weit weniger auffälliger

Wagen mit Serienausstattung im Innern. Das war Pierre. Sobald er den Oberst erreicht hatte, bremste er, ließ das Steuer los, und seine Nasenflügel bebten vor Zufriedenheit. «Wie schön, daß ich Sie so im Freien treffe», sagte er, «das verändert alles!»

Er hatte sich schön gemacht, ganz und gar neu, mit einer Schleife, die sich über der Weste wölbte, einem seidenen Taschentuch, glänzenden Haaren, und roch mehr nach Eau de Cologne als nach Alkohol. Die beiden Bänder der Militärmedaille und des Kriegsverdienstkreuzes wirkten an dem Pausback indessen sehr überraschend.

«Freut mich auch», sagte der Oberst. «Fährst du weg?»

Pierre blinzelte. «Eine kleine Runde ...»

«Kommst du mich besuchen, wenn du zurück bist?»

«Es ist nur so», sagte Pierre und wiegte seinen Oberkörper hin und her, «ich weiß nicht, ob ich rechtzeitig zurück bin ...»

Der Oberst beharrte: «Ich hätte trotzdem gern, daß wir uns ein Weilchen miteinander unterhalten.»

Sofort warf er sich seine Ungeschicklichkeit vor. Pierre hatte die Miene eines Kindes aufgesetzt, das eine Standpauke befürchtet.

«Na dann», sagte er, «tut mir leid! Sehr schade ...» Er denkt natürlich, sagte sich der Oberst, daß ich ihn wegen seiner Trinkerei zur Rede stellen will. Ich gehe wirklich geschickt vor! Aber egal, machen wir weiter!

«Hör zu, Pierre», fuhr er in vertraulichem Ton fort, «ich brauche deine Hilfe. Ich will deine Eltern aus ihrer Brüterei herausholen. Ohne dich kann ich das nicht.»

Pierre wiegte sich von neuem, fand aber sein Lächeln nicht wieder.

«Wenn das so ist, dann fürchte ich, daß ich Ihnen nicht groß helfen kann.» Er traute sich nicht mehr, den Oberst anzuschauen, und vertiefte sich in die Betrachtung eines Daumens, der seiner Größe wegen tatsächlich Beachtung verdiente. «Sehen Sie ... ich glaube ... ach, das ist nicht leicht ... wirklich ...»

«Vor allem können wir nicht auf der Straße darüber sprechen, mein kleiner Pierre!» fuhr der Oberst herzlich fort. «Also, geh dich zerstreuen, und einen schönen Sonntag!»

Der dicke Bursche atmete auf, drückte mit ganzer Kraft die ausgestreckte Hand und rief aus: «Sie sind ein prima Kerl!» Dann klemmte er sich rasch in seinen Wagen, der wie von selber losfuhr.

Den Wunsch, den er zum Schluß hatte anbringen wollen, mußte der Oberst hinunterschlucken: ‹Bis dann also, ich rechne mit dir?› Herzlichen Glückwunsch, Sébastien, sagte er zu sich selbst. Noch ein Erfolg wie dieser, und ich kann dem Minister meine Entschuldigung schicken. Dieser fade Sonntag hörte auf, wie er begonnen hatte, da konnte auch Vauvenargues nicht helfen. Auch für die Erinnerungen war da nichts drin.

Montag. Bestimmt das älteste Haus in der rue Monsieur-le-Prince. Eine Treppe ohne Läufer, aber sorgfältig gewachst. Einfacher Durchschnitt, gutes Renommé, Ruhe auf allen Fluren. Die dritte links. Ist er da? Ist er nicht da? Auf das Glockenzeichen hin erscheint eine alte kleine Dame, die einen bewundernden und erschrockenen Blick bis hinauf zum Scheitel des so großen, so schönen Herrn gehen läßt.

«Madame Catelet?»

Sie murmelte ein kaum hörbares Ja.

«Entschuldigen Sie die Störung, Madame.» Was für eine schöne männliche Stimme! Madame Catelet lehnt sich gegen die Wand. «Georges Redoux wohnt doch bei Ihnen?»

Unverständliches in der Art: «Ja, der Herr, aber nicht da.»

«Verzeihung?»

Madame Catelet bemüht sich, ein Gefühl zu überwinden, das nicht mehr ganz zu ihrem Alter paßt und sie fürs erste sprachlos gemacht hat.

«Er ist im Augenblick nicht da, M'sieur, aber treten Sie doch ein! Er muß jeden Augenblick wiederkommen. Sie sind bestimmt einer seiner Professoren, wie der Herr, der neulich vorbeigekommen ist? Er wird sehr geschätzt, der junge Mann, nicht wahr, M'sieur? Hier lang, nicht da, das ist die Küche, ich werd Sie in sein Zimmer führen, M'sieur, ich hab ihm einen meiner schönsten Sessel aus dem Salon hineingestellt, er ist so ordentlich, da passiert bestimmt nichts, sehen Sie, und Sie finden auch genug zum Lesen! Das ist ein sehr braver junger Mann, wie es sie seit unserer Jugend nicht mehr gibt, ich meine seit meiner Jugend, ich könnte ja seine Großmutter sein!»

«Aber ganz gewiß nicht, Madame!» sagt der Oberst.

Madame Catelet ist feuerrot, eine unbegreifliche und verwirrende Verzauberung ist über sie gekommen. Wenn dieser Herr sie nicht unterbrochen hätte, sie hätte noch stundenlang weitergeredet! Sie dankt ihm mit einem Lächeln, merkt plötzlich, wie sonderbar die Antwort war, versagt sich die Bitte um eine Erklärung, verabschiedet sich mit einer Verbeugung und macht die Tür hinter sich zu, als ob sie einen Traum gefangennähme.

Georges' Zimmer glich allen Zimmern, die fleißige Studenten bei alten, kleinen, ordentlichen, einsamen Frauen haben. Alles, was da stand und an den Wänden hing, die schweren Möbel, die verblaßten Tapeten, die dunklen doppelten Vorhänge mit Troddeln, der schwarze Ofen, all das gehörte zum unerschütterlichen Eigentum des Alters, der Ordnung und der Einsamkeit. Alles, was man leicht verstellen konnte, was man verschwinden lassen konnte, ohne daß es auffiel, rief im Gegensatz dazu den Eindruck von Neuheit, Zukunft, Ungeduld hervor: ein beige-brauner Pullover, ein gelber Schuh, ein Tennisschläger, die weißen auf dem Tisch verstreuten Blätter, zwei hellglänzende Pfeifen dazwischen, ein Fläschchen mit blauer Tinte, Schokolade im Silberpapier – und Bücher! Frisch und jung wie ihr Besitzer, in lebhaften Farben, broschiert und gebunden, überall in Stapeln, auf dem Kamin, den Stühlen, dem Ofen, dem Nachttisch. Jedem das seine, dachte der Oberst träumerisch. Aber ich, ich hätte ein Bild meiner Eltern an die Wand gehängt ... Über dem Tisch gab's immerhin zwei mit Reißzwecken festgemachte Bilder: Claude Bernard und der Knochenmann von Ligier Richier.

Das Fenster war offen, und obgleich es zum Hof hinausging, hörte man den Lärm der umliegenden Straßen, manchmal auch den durchdringenden Ton einer Hupe oder das Poltern eines Omnibusses. Die durchsonnte Luft trug vom Jardin de Luxembourg Parkgerüche herüber. Zehn Minuten vergingen, der Oberst vertiefte sich in einen Band Testut.

Dann Schlüssellärm an der Flurtür. Drei lebhafte Schritte im Flur – die Zimmertür öffnet sich mit großem Schwung. Dieser große, magere und harte Fernand, war das Georges? Konnte sich ein Junge in sechs Jahren so verändern? Aber sein Benehmen unterbrach die Überlegungen des Oberst. Er stand wie versteinert auf der Schwelle, den Mund halb offen, und betrachtete den Besucher, der da wie ein Wiederauferstandener, wie ein Gespenst im Sessel zu sitzen schien.

«Hallo, mein Kleiner!» rief der Oberst aus. «Muß ich mich vorstellen?»

Er dachte an den dicken Pierre, wie er sich an jenem Abend am Fuß der Treppe in seine Arme gestürzt hatte. Diesen hier würde ich gern so empfangen, dachte er. Ich teile Adriennes Geschmack, das war immer mein Liebling. Er machte eine Geste der Begrüßung. Da warf sich Georges auf sein Bett, grub das Gesicht in seine Hände und brach in Tränen aus.

Der Oberst stand auf, ging zu dem großen Körper hin, der von einer wirklich ungewöhnlichen Verzweiflung geschüttelt wurde, und legte ihm die Hand auf den Nacken. Der eine ein Trinker, der andre ein Rebell, dachte er. Natürlich, wie kann der Kleine meinen Besuch anders verstehen als von der Gewalt geschickt? Ich muß ihm vorkommen wie der Träger des Familienblitzes. Und er leidet darunter, weil er mich gern hat. Weil wir uns unter so merkwürdigen Umständen wiedersehn. Und weil im Hintergrund von allem das Geheimnis um Marie-Thérèse steht ...

«Georges!» sagte er mit aufmunternder Stimme. «Ich komme nicht, um dir meinen Tod anzukündigen, weißt du! Ich hab die besten Nachrichten von meiner Heimkehr. Man hat mir das Ohr abgerissen, aber alles andre ist in Ordnung! Und wenn du einen zweiten Tennisschläger hast, steh ich zur Verfügung und zeige dir, wie man Bälle zurückgibt!»

Georges deckte sein rotes, tränenüberströmtes Gesicht auf. Er hob die Augen zu seinem Besucher und betrachtete ihn wie früher, als er klein war und der Oberst ihn lachend in die Luft geworfen hatte.

«Verzeihung!» sagte er. «Das ist die Nervosität. Ich war so wenig darauf gefaßt ... Sie, hier ...»

In dem «Sie» lag Bewunderung, aber auch Schreck. Der Oberst küßte die feuchten Wangen und zwang ihn aufzustehn.

«Was bist du groß geworden!» Er drückte seinen Bizeps. «Und du bist stärker als du aussiehst! Schon Studiker ...»

Georges versuchte ein Lächeln, das seine Züge nur wieder hart machte. Er entschuldigte sich noch einmal, führte den Oberst wieder zum Sessel, bat um Erlaubnis, sich eine Pfeife stopfen zu dürfen, versuchte, natürlich zu wirken. Um ihn zu beruhigen, ließ der Oberst ihn alle möglichen Fragen stellen und beantwortete sie alle ganz ausführlich. Sie zeigten, daß Georges ihm mit der Anhänglichkeit eines Sohns vom Anfang bis zum Ende des Feldzugs gefolgt war, und dies während der sechs Monate genauso wie vorher. Als sie zum Skandal der Entlassung kamen, zur Heimkehr, zu dem, was der Oberst die zeitgenössische Ära nannte, da sah er Flammen glühen in den Pupillen des Jungen wie in kleinen schwarzen Diamanten.

«Und jetzt», sagte Georges mit eben dem Feuer, «jetzt leben Sie in Paris? ... Sie wohnen ... hier im Quartier?»

Mein armer Kleiner, dachte der Oberst, dir wär's lieb, ich wär bloß durch einen Zufall an deine Adresse gekommen! Nun denn, weder du noch ich werden um den Zweck meiner Reise herumkommen. Mit einem einzigen Wort antwortete er:

«Marlieux»

und sah augenblicklich, daß diese Kürze das Gegenteil von dem bewirkte, was er gehofft hatte. Eine Explosion ist auch plötzlich, sie hat kaum Zeit, uns zu überraschen: die Stille danach hat uns schon beruhigt, es sei denn, wir wären tot. Der Oberst sah Georges' Gesicht sich härter verschließen als eine Faust. Nein, trotz der schönen Haare und des etwas weichen Munds, das war nicht Fernand. Mit verspannten Brauen stieß er hervor:

«Die also haben Sie gebeten herzukommen!»

Der Oberst verlor die Geduld.

«Nie im Leben!» Die alte kleine Dame hielt sich vielleicht im Flur auf. Er wiederholte leiser, aber mit um so mehr Autorität: «Nie im Leben! Ich allein hab mich entschlossen, dich zu besuchen.»

Georges, immer noch bockig, antwortete: «Das kommt auf dasselbe heraus. Dann eben, weil die ihnen erzählt haben, daß ich weggegangen bin!»

«Natürlich», sagte der Oberst lachend. «Nach der Adresse von Pierre habe ich nicht fragen müssen. Deine Mutter hat mir übrigens deine Gründe erklärt. Ich finde sie verständlich.»

Georges bohrte seinen Blick in den des Oberst.

«Welche Gründe?» sagte er barsch, aber in seiner Stimme schwang Angst mit.

«Hast du sie vergessen?» entgegnete der Oberst überrascht. «Dein Bedürfnis, allein zu sein? Daß ein Mann das Recht hat, sein Leben selber zu lenken?»

Georges fragte: «Das ist alles?»

«Hast du noch andre gesagt?»

Er senkte den Kopf und rieb die Stirn. «Nein, es stimmt ... das ist alles ...»

Der Oberst sagte ernst: «Gibt es noch andre?»

Der Bursche fuhr auf.

«Bitte!» flehte er in einer Art von Raserei, die ihn völlig mitnahm, die Hände aneinandergepreßt, die Augen quollen aus seinem Schädel. «Nein, fragen Sie mich nichts! Ich fühle, daß Sie mit mir über Marie-Thérèse sprechen wollen! Ich will nicht! Ich will nicht! Nicht über sie und über keinen! Ich kann Ihnen gar nicht sagen, wie sehr ich mich freue, Sie wiederzusehn, aber wenn's deshalb ist, um über all das zu reden, dann nein, lassen Sie mich, selbst Sie, lassen Sie mich! Ich hab's geschafft, nicht allzu unglücklich zu sein, wenn ich ganz allein bin, denn ... da ist die Arbeit, das Krankenhaus, die Kollegen ...»

«Danke», sagte der Oberst.

«Weshalb danke?» fuhr Georges immer noch flehend fort. «Oh, weil Sie glauben, ich vertraute denen mehr als Ihnen? Wie können Sie das glauben? Sie wissen also nicht, was Sie mir bedeuten? Aber es ist eben, weil ich mit meinen Kameraden so weit weg bin von alledem.»

Der Oberst zog eine Zigarette aus der Tasche und sagte ohne Mitleid: «Zweifellos halten sie dich für ein Waisenkind?»

Leichenblaß und mit geballten Fäusten richtete Georges sich auf.

«Laß mich reden», sagte der Oberst kalt. Er zündete sich die Zigarette an. «Und mit dir reden wie mit einem Mann, das wolltest du ja. Natürlich hab ich die Absicht, mich mit dir über Marie-Thérèse und deine Eltern zu unterhalten. Was dächtest du von mir, wenn ich mich an dem Platz, den du mir zubilligst, um das, was bei euch geschehn ist, was bei euch immer noch geschieht, so kümmern würde wie um die Flecken im Mond? Deine Eltern haben mich zu Hilfe gerufen, was sollte ich tun? Hätte ich die Kapuze über meine verblichene Mütze ziehen und sagen sollen: nichts für mich, diese Leute, die selber absaufen wollen? Du wirst bald Arzt sein, mein Lieber. Wirst du's dann ablehnen, die Familie eines deiner Kranken zu besuchen und seinen Fall für hoffnungslos erklären, weil sie nichts tut, weil sie nichts erklärt? Überleg mal, Georges!»

Georges hatte die Hände auseinandergenommen und die Augen abgewandt. Bei den letzten Worten ging er und setzte sich mit rundem Buckel auf sein Bett. Aber sein Gesicht blieb unbeweglich, und der Zorn war noch nicht daraus verschwunden.

«Was kann ich Ihnen schon antworten», sagte er schließlich. «Von Ihrem Standpunkt aus, sicherlich ...»

«Wenn du meine Rolle verstehst, dann mußt du auch deine Aufgabe sehn», fuhr der Oberst fort. «Ich wende mich noch immer an den zukünftigen Arzt ...»

Ein Hohngelächter unterbrach ihn, so lachten auch Pierre und Adrienne.

«Arzt!» Seine Kinnbacken verkrampften sich. «Der Arzt hat seine Schweigepflicht. Und außerdem», brach er unwillig ab, «genug mit dem Arzt! Ich hätte alles aufgeben sollen, ganz weit weggehn, verschwinden! Ein Redoux mehr oder weniger auf der Welt ...»

Er sah aus, als wolle er gleich ausspucken. Er schwang die Beine, als wollte er gleich auf den Bettvorleger springen, aber er rührte sich nicht. Der Oberst versank in einem Abgrund von Mutlosigkeit. Dahin hab ich ihn gebracht, dachte er, da kommen wir nicht mehr heraus. Und ich hab mir geschmeichelt, ich könnte mit Menschen umgehn. Mit meinen Menschen, ja! Macht eine Uniform den Menschen darin einfacher? Hab ich meine Macht verloren, als ich aus meiner ausstieg? Sollte ich vor dem ersten wirklichen Problem meines Lebens stehn? Heute vor acht Tagen hatte er sich nach Paris eingeschifft. Er rief sich die Überfahrt ins Gedächtnis, das stille Meer. Alles lehrt uns, ein doppeltes Spiel zu spielen, sagte er sich voll Kummer, und ich hab das nie begriffen. Georges schaukelte immer noch, sein Blick hing an einer Blume auf dem Bettvorleger. Der Oberst sah nur ihn an und fragte:

«Wo ist Marie-Thérèse?»

«Wo soll sie denn sein?» entgegnete Georges. «Ich weiß auch nur das, was man mir hat sagen können!»

«Man?» Sein Zorn ist nicht wichtig, dachte der Oberst mit einem Funken Hoffnung, er antwortet wenigstens!

«Ja», Georges hob die Schultern, «Papa, an dem Tag, als er herkam. Pierre! ... Er ist nett, Pierre! Er wacht über mich, spricht er! Und als ich ihn das letzte Mal gesehen hab, da hatte er das letzte Exemplar von ... von Dirne bei sich, das man sich vorstellen kann!»

«Aber du», sagte der Oberst, «hat dir deine Schwester nichts persönlich anvertraut? Du warst immerhin der letzte, der sie gesehen hat? Du bist doch mit ihr weggefahren?»

Der Junge hob die Augen. Der Schrecken des ersten Augenblicks bedeckte wieder sein Gesicht, er löschte den Zorn, ohne den Starrsinn zu mindern.

«Ich ... Nein! Nein, ich hab nichts zu sagen! Warum hätte sie mir etwas anvertraun sollen?»

«Und wenn ich dir sage ...»

Der Oberst schwieg. Wie hatte er nur vergessen können, Adrienne zu fragen, ob er von dem Geheimnis Gebrauch machen durfte! Dieses unentschuldbare Versehen lähmte ihn fast. Georges war zusammengefahren.

«Wenn Sie mir was sagen?»

«Nichts», sagte er.

Und seine Stirn war vor Erschöpfung voller Furchen, er fühlte sich plötzlich wie ein alter Mann.

Georges beharrte: «Bitte! Sagen Sie mir ...»

Mit trauriger Ironie bemerkte der Oberst: «Vertrauen als Einbahnstraße?» Er machte eine letzte Anstrengung. «Kannst du mir nicht wenigstens deinen Eindruck, deine Meinung in dieser Affäre anvertrauen?»

Die Antwort war kategorisch: «Ich habe keine.»

Er erhob sich langsam aus dem Sessel. Georges, unbeweglich auf dem Bett, flüsterte: «Sie gehen.»

In seinen Augen lag jetzt diese Ungläubigkeit, die die Verzweiflung sich selber entgegenzusetzen versucht, wenn ein Unglück endgültig wird. Der Oberst knöpfte seinen Mantel zu, nahm seinen Hut, seine Handschuhe. Georges' Augen ließen ihn nicht los, er hörte ihn atmen. Er hoffte von ganzem Herzen auf ein letztes Aufbegehren, eine Beleidigung, ein Wiederaufleben. Nichts geschah. Georges begnügte sich damit, auch aufzustehn. Er blieb neben dem Bett stehn, die Arme hingen herunter, ein magerer Jüngling, der an einer Prüfung zerbrochen war, die seine Kräfte überstieg; vielleicht war er auch halb schon erleichtert, ihr Ende kommen zu sehn. Der Oberst faßte ihn väterlich bei den Schultern.

«Also, auf Wiedersehn», sagte er.

Er hätte sagen sollen: Adieu, und ‹Gott befohlen› war auch, was er dachte. Das galt nicht gerade diesem verbohrten und üblen Burschen, sondern etwas ungleich viel Unbestimmterem und zugleich viel Persönlicherem, seiner vergeblichen Hoffnung, die Schatten vertreiben zu können, seinem anmaßenden Wunsch, das Glück zu erzwingen, seinem Traum, ein Wunder zu vollbringen. Vier Redoux – die Hauptheldin nicht gerechnet! –, nun blieb keiner mehr übrig, der ihm hätte helfen können. Und ohne Hilfe vollbringt man keine Wunder, wenn man nur ein Mensch ist, und dazu noch ein Zivilist.

Er durchquerte den dunklen Flur, ohne eine halbgeöffnete Tür zu bemerken und das faszinierte Gesichtchen der alten kleinen Dame. Auf der andern Seite der Wand krachte Georges' Bett heftig. Ein glückliches Alter, in dem man noch weint, sagte er sich, als er die Treppe hinabstieg. Wenn ich schon in Paris bin, warum gehe ich da nicht zu ...? Namen alter Kameraden zogen an seinem Geist vorbei: Vorey, Burbanche, Ongloux, Renaison ...

Ohne jemanden besucht zu haben, kehrte er abends nach Marlieux zurück – mit einem Hund.

10

Sodium II. war weder ein Briarde noch erwachsen wie Sodium, der erste dieses Namens, den das Kind Sébastien als glühenden Bewacher der Villa gekannt hatte, als fanatischen Diener von Monsieur und Madame Moine, als furchtsamen, wenn auch sich dreinschikkenden Gegenstand kindlicher Tyrannei. Dies war ein kleiner Cocker, weiß und zitronengelb, der schüchtern auf acht Monate zuging. Er besaß einen fürstlichen Stammbaum und hieß in Wahrheit Zeste, weil die Jagdgesetze jenes Jahres verlangten, daß alle Reinrassigen in der entmutigenden Anfangsbuchstabenserie Z aufgelistet würden. Unter Mißachtung der Gesetze entschied sich der Oberst für Sodium II. Zu seiner Überraschung schalt ihn Mammès deswegen.

«Du kannst das dem Kleinen nicht antun. Das ist, als wenn ich beschließen würde, dich Leutnant zu nennen ...»

Der Oberst gab ihm Beifall.

«Sinn für Hierarchie? Du machst dich!»

«... oder General», fuhr Hubert unerschrocken fort. «Aber wenn du dich arrangieren willst, was ist, wenn du ihn Zodium nennst?»

Und so wurde Zeste, alias Sodium II., schließlich zu Zodium, was ihm aber keine zusätzliche Gefühlsaufwallung verschaffte, weil die sehr kitzlige Erforschung einer neuen Welt, die soviel größer war als eine Hundehütte und doch in unglaublichem Ausmaß wichtigster Gerüche entbehrte, ihn vollauf beschäftigte. Er unternahm eine Geruchserkundigung um das Speisezimmer, schaute sich, als er vor der Tür war, draußen nur einmal kurz um – ‹er mag uns schon›, sagte Antoinette –, schob sich kriechend unter die niedrigsten Schränke, zitterte aus Angst, dort gefangen zu sein, vergoß nur einmal seinen Schrecken in Form einer kleinen Pfütze und bewies durch eine plötzliche Flucht, daß, wenn seine Erziehung auch noch nicht seine Natur hatte besiegen können, sie ihm doch schon Gewissensbisse beigebracht hatte. Diese erste Kontaktaufnahme mit einer Welt, die keiner sonst glich, schien ihn gleichwohl nicht allzu ängstlich zu machen, denn der kleine, gerade Stecken, der ihm als Schwanz diente, schlug unaufhörlich in der Luft hin und her. Und als ihm Antoinette als Zeichen des Willkommens Brot und Milch anbot, da erkannte Zodium, daß dieses Haus so gut war wie ein andres.

Die Entdeckung großer Entfernungen am nächsten Morgen rief alle möglichen ungewöhnlichen Reaktionen hervor, die hier unglücklicherweise nicht beschrieben werden können: der Leser mag vielleicht Hunde nicht. Der Oberst fand sie köstlich und bewundernswert. Er wartete darauf, daß Zodium wie ein Wilder über den Rasen jagen würde. Aber der kleine Cocker klebte an seinen Fersen und hob jedesmal die vor lauter Sanftmut tragischen Augen zu ihm auf, wenn er sich von seinem neuen Herrn beobachtet fühlte. Der Oberst wollte ihn zum Laufen bringen und schrie mit großen Gesten: «Los, spiel, ab!» Zodium machte einen bestürzten Sprung zur Seite, setzte sich in einiger Entfernung auf seinen Hintern und versuchte mit einem Blick, der so traurig war wie seine Ohren lang, diesen unverständlichen und bedrohlichen Willen zu erkunden. Man mußte ihn streicheln, trösten, selber rennen, springen, sich abhetzen. Aber welche Freude dann, welches Gebelle, welches Gehüpfe! Soll's doch den Hecken und dem vornehm geharkten Kies nur schaden! Zodium sprang in die Luft, verbiß sich im Ärmel des Oberst, hing dort wie ein Akrobat am Trapez, sprang auf und ab, und seine beiden Ohren begleiteten das Spiel mit einem noch feineren und schwebenderen Rhythmus, zwei Flügel von zitronengelbem Samt. Mammès, der gegen Abend kam, sah lächelnd einen Sébastien außer Atem, hinter ihm einen Zodium, jauchzend vor lauter gemachter Wut.

«Was spielt ihr?» sagte er. «Die Jagd auf das Mammut? Ich weiß nicht, wer von euch beiden am lautesten bellt, aber man hört euch schon am Ende der Straße.»

«Beschwert sich das Dorf?» fragte der Oberst außer Atem und betrachtete dabei einen Ärmel, den man vielleicht mit einem Dutzend Stopfereien noch retten konnte.

«Es ist lange her, seit ich dich so glücklich gesehen habe», sagte Mammès. «Deine Mutter wäre froh, wenn sie dich so sehen könnte ... Sie würde wieder sagen: ‹Du sollst doch nicht so in Schweiß geraten, mein Kleiner!›»

Der Oberst tätschelte Huberts Armstumpf und murmelte: «Erinnerst du dich: Tigermaul?»

Sie schwiegen einen Augenblick. Zodium knabberte an den Sohlen des Unbekannten, der ihr Spiel unterbrochen hatte. Das Rattern eines Motors kam näher.

«Die Redoux kommen nach Hause», sagte Hubert. «Mußt dich mit deinem Jagdhund in acht nehmen, was? Der Tronchet ist imstand und schießt einen Bock mit ihm!»

Der Oberst antwortete: «Soll er mal!» Fernand erschien hinter dem Gitter, das Kinn neugierig hochgestreckt. «Komm rein!»

Mit einem gezwungenen Lächeln kam Redoux herein. Zodium versteckte sich hinter seinem Herrn.

«Ein Wachhund», sagte Mammès.

Er kläffte so gut, daß der Cocker nach einem kurzen Knurren zu kläffen und zu heulen begann, mit einer Wut, die nur seiner Angst gewachsen war.

«Was für ein reizendes Spielzeug!» sagte Fernand unruhig. «Wem gehört er?»

Der Oberst hob Zodium mit einer Hand hoch und legte ihn in die Armbeuge. Gleich war er wieder ruhig, und Zodium begann ihm das Ohr zu lecken.

«Mir.»

«Erinnert ihr euch an Sodium?» sagte Fernand. «Was für eine dumme Frage! Er war groß, Sodium ... Um so größer vielleicht, weil wir so klein waren? Und der da ...»

«Ja», fuhr Hubert fort, «er ist um so kleiner, weil wir anfangen, uns für alt zu halten!»

«Erinnert ihr euch», fuhr Fernand fort, und seine Augen funkelten, «wie Sodium vom Fenster des Speisezimmers auf uns drei herabsprang, weil er Monsieur Moine kommen sah?»

«Und dann», sagte der Oberst lachend, «wie Elodie so wütend war, weil Hubert sie am Klingelknopf festgebunden hatte?»

«Du solltest sagen: Hubert und ich», stellte Mammès richtig. «Allein hätte ich mich nie getraut.»

«Du hättest dich geniert!» rief Redoux aus. Auch er schüttelte sich jetzt vor Lachen. «He, Sébastien? Und als Hubert mich zwang, Pferd zu spielen mit diesem Lineal, das er mir quer in den

Mund steckte? Unter dem Vorwand, mir das Ausschlagen beizubringen … mir tun die Schienbeine noch heute weh!»

«Du übertreibst», sagte Mammès. «Und außerdem hat Sébastien dich gerächt, du brauchst dich nicht zu beklagen. Du warst damals kleiner als ich, Sébastien, ich konnte es dir nicht vergelten. Wenn ich hätte vorausahnen können …!»

«Das ist wie dieser denkwürdige Sonntag», sagte der Oberst nun …

Wenn jemand sie da auf der Straße gesehen hätte, wie sie bedächtig und ohne große Gesten sprachen, hätte er da jemals vermutet, daß die drei Männer die Streiche ihrer gemeinsamen Jugend wieder aufleben ließen? Sie begnügten sich nicht damit, ihre Erinnerungen auszutauschen, sondern sie erlebten sie noch einmal in ihren Muskeln, im Aufwallen der hellen Freude, die ihr Herz füllte. Ein Wort Fernands leerte es mit einem Schlag wie Schleusen, deren Tore eine Bombe sprengt.

«Sagt, habt ihr auch vom Glück geträumt?» Seine Stimme zitterte vor Verzweiflung. – «Ich muß wieder zu *ihnen*. Entschuldigt, daß ich mich eingemischt habe …»

«Wolltest du mir etwas sagen?» fragte der Oberst.

«Nein, nichts», murmelte Redoux ratlos. «Dich sehn …»

«Was für ein merkwürdiger Mensch», sagte Hubert und schaute ihm nach. «Und du», sagte er zu Zodium, der auf dem Arm des Oberst eingeschlafen war, «du Strolch, du hast das alles provoziert! Du verdienst eigentlich nicht, daß man dich verwöhnt!»

Er tauchte seine Hand in die Tasche auf der Seite seines Stumpfs und zog einen Gummiball daraus hervor.

«Das ist für ihn, wenn er wieder aufwacht. Sag ihm, das ist von Onkel Hubert. Und dann tu was. Bring ihn um, wenn's nötig ist, oder bring ihn mir. Ich bin sicher, daß er dir von dem Tag nichts übriggelassen hat!»

Hubert irrte sich, der Oberst hatte Adrienne noch einmal besucht. Er hatte ihr sein Scheitern bei Georges gebeichtet. Sie war noch viel teilnahmsloser als am ersten Abend und ließ weder Kummer noch Aufbegehren erkennen. Sie schien die Grenzen des Leids überschritten zu haben, nur noch eins jener leblosen Dinge zu sein, die ein Drama überleben, der ausgeglühte Rest, an den der Fuß im neuen Gras des Frühjahrs stößt, der gestrandete Leichnam am Rand einer lächelnden Bucht. Sie hatten lange Zeit nebeneinandergesessen, der Oberst wußte nicht mehr, was er sagen sollte, sie wiederholte in langen Abständen: ‹Was wollen Sie ...› Ja, hatte er sich gefragt, was will ich denn? Meinen Hund wiedersehn. Wenn sie mich brauchen, werde ich dasein. Das hatte er Adrienne versichert. Sie hatte geantwortet: ‹Danke ... Danke ...› Worte, die bloß Reflexe waren und dem Kopfnicken glichen, dem Abschied, den man überflüssigen guten Wünschen gibt, ein Zeugnis der Ohnmacht. Sie hatten nicht einmal mehr von Pierre gesprochen.

Und vielleicht hätte hier ein für allemal alles aufgehört, wenn an diesem Abend nicht Zodium verschwunden wäre.

Es war neun Uhr, Antoinette machte sich fertig zum Nachhausegehn. Als sie, um ihm einen guten Abend zu wünschen, zum Oberst ging, der noch in seinem Zimmer las, sagte sie:

«Haben Sie das Hundchen hier bei sich? Er hat seine Suppe nicht gegessen.»

Sie suchten unter den Möbeln, im Erdgeschoß, in allen Stockwerken, und riefen nach ihm. Antoinette sagte immer wieder: «Aber wohin konnte es entkommen, das kleine Biest?»

Sie gingen auf den Vorplatz, dann hinaus in den dunklen Garten, der Mond war noch nicht aufgegangen. Der Oberst rief: «Zodium!» Antoinette: «Zoooodium!», aber sie erhielten keine andre Antwort als die Klage des Springbrunnens.

«Geh nur», sagte der Oberst schließlich zu Antoinette. «Dieses Tier wird sich wie ein Zuave in einem Gebüsch oder in einem Loch versteckt halten! Ihr werdet sonst zu einer unmöglichen Zeit zu Abend essen. Gute Nacht.»

Er ging nach oben und holte eine Taschenlampe, dann durchsuchte er eingehend seinen kleinen Besitz, der ihm noch nie so groß vorgekommen war. Er rief nicht mehr, sondern murmelte nur noch zärtlich: «Zodium ... komm, Zodium ... Du willst mich doch nicht bis morgen hier draußen halten? ... War es da oben nicht schön, letzte Nacht?» Das Lichtbündel entdeckte zehn, fünfzig, hundert Löcher, durch die der winzige Cocker hätte entkommen können. Und konnte man in diesem Alter seinen Weg, sein Haus wiederfinden – ein am Abend vorher noch unbekanntes Haus? Daß Zodium nach Haus wollte, daran gab es keinen Zweifel nach einem solchen Spieltag! Nur mußte er das eben können. Der Oberst stellte einen Vergleich an zwischen der Winzigkeit des Hundes und der Unermeßlichkeit des Waldes, er stellte sich vor, wie das kleine Büschel weißer und zitronengelber Haare überall durch die unbewegliche Dunkelheit der Welt rannte, und er kehrte mit langsamen Schritten in sein Arbeitszimmer zurück.

Sein Buch erwartete ihn, eine alte, sicherlich überholte Studie über das Licht, die er der väterlichen Bibliothek entnommen und während des Essens zu lesen angefangen hatte. Als Antoinette gekommen war, um nach dem Hund zu fragen, hatte er das Buch offen, mit dem Einband nach oben auf eine Tischecke gelegt. Eine Gewohnheit, die den Einbänden nicht sehr gut bekam und die nun nach einer ebenso simplen Geste verlangte. Der Oberst wollte sie gerade ausführen. Aber es war ihm bestimmt, sie nicht zu vollführen, ehe er nicht sein eigenes Schicksal bestimmt sah. Denn als er die Hand ausstreckte, läutete die Flurglocke mit besonderer Hartnäckigkeit in ganz kurzen Abständen. Das ist Zodium, dachte er und rannte zur Tür. Mit einem Finger auf der Klingel stand Pierre da und hielt den Hund im Nacken.

«Ich bring Ihnen Ihren Köter», sagte er roh.

Der Grimm, mit dem der Satz herauskam, die Glocke, die immer noch klingelte, der umwölkte Blick, das alles hätte genügt, Frechheit auszudrücken. Aber die Stimme ließ erkennen, daß sie gewollt war.

«Hat er dich angefallen?» erwiderte der Oberst.

Zodium, der in seinem Arm lag, zeigte sich rührend glücklich. Pierre ließ die Glocke los und schwankte. Pampig sagte er: «Wenn's nicht Ihrer gewesen wär, hätt ich ihn umgebracht.»

«Trunkenbold», sagte der Oberst verächtlich.

«Richtig», gab Pierre zu, «ja, richtig. Heut abend bin ich betrunken. Schweinehund.»

Der Oberst befahl: «Geh! Und komm in diesem Zustand nie wieder her.»

Pierre senkte den Kopf, runzelte die Stirn und platzte los.

«Ja, ich hätte ihn umbringen sollen! Krr! Ich wollte menschlich sein ... Hundefreund! Ich wollte ein Hundefreund sein! Ich hab gedacht: ich kann dem Oberst nicht weh tun! Und anstatt runterzugehn und ihn zu erwürgen, hab ich getrunken! Ich hab mir gesagt: vielleicht geht er allein nach Haus! Lassen wir ihn machen! Und das ist nun der Dank! ...»

Der Oberst blickte Pierre, der ein wenig torkelte, scharf an. Plötzlich sagte er: «Komm rein.»

Er setzte Zodium vor seine Suppe, dann nahm er Pierre bei den Schultern und schob ihn ins Arbeitszimmer. Der fiel in einen Sessel und lachte beim Fallen wie ein Gassenjunge, den man kitzelt.

«Holla, holla, brruuu!»

Der Oberst lachte nicht.

«Du hast dich betrunken, weil der Hund in deinem Garten war? Machst du Witze?»

«Überhaupt nicht», antwortete Pierre beleidigt. «Warum war er da? Hat er keinen Respekt vor Privateigentum? Aus meinem Fenster hab ich ihn gesehn. Man ahnt nicht, wie tückisch sie sind, diese kleinen Biester. Hätt ich ein Gewehr gehabt – peng, peng! Aber ich hatte keins, es war Ihr Hund – also hab ich getrunken, ordentlich getrunken, das ... Auf das Wohl dieses Hundes! Ich hab mir gesagt: wenn er ausgekratzt ist, bevor ich die Flasche leer hab, hervorragend! Ich mach die Löcher heut nacht wieder zu, und morgen ist alles vergessen! Ich hab die Flasche leergemacht – Scotch ... Es gibt nicht nur Scotch-Terriers, Herr Oberst, es gibt auch Scotch-Whisky, und den ziehe ich vor! Also, Sie können mir glauben oder nicht, während der zweiten Flasche war Ihr Scotch, Ihr, na ja, Ihr kleines Schweinchen, es war immer noch da! Na, ich hab nachgedacht. Ich hab mir gesagt: Pierre, mein Junge, dieser Hund, der ist ein Fingerzeig Gottes. Gott ist immer da, das weißt du. Er hat den Oberst hergebracht, der Oberst hat den Hund gekauft, der Hund ist in deinen Garten gekommen, das ist wie ‹der Herr, der schickt den Jockel aus›.»

Er blies die Backen auf, schloß die Augen, stieß einen ungeheuren Seufzer aus und schloß: «Das war's.»

Der Oberst hatte sich vor den Betrunkenen hingestellt. Ein entsetzlicher Gedanke war ihm gerade durch den Kopf geschossen. Er packte Pierre bei den Ohren und hob mit Gewalt sein Gesicht. Mit flammendem Blick schrie er ihn an: «Pierre, du bist's, der den Garten macht, seit Joséphine weg ist!»

Pierre versuchte, dem Blick auszuweichen, nicht aus Scham oder Ärger, sondern tatsächlich, als wollte er einem zu hellen Licht entkommen.

«Richtig», antwortete er.

«Und du hast mit Joséphine gestritten, du hast sie zu gehn gezwungen am Morgen nach dem ‹Weggang› von Marie-Thérèse?»

Pierre lächelte selig vor Bewunderung. Ohne weiteren Versuch, dem Blick zu entgehen, sagte er mit einem Blinzeln: «Ins Schwarze! ... Sie haben ins Schwarze getroffen! Sie sind toll!»

«Pierre ...» flüsterte der Oberst voll Schrecken.

Der Pausback gab sich geheimnisvoll und machte mit dem Zeigefinger Zeichen, er solle näherkommen.

«Kommen Sie näher», sagte er. «Pscht! Wenn Papa oder Mama davon erfahren, hu! mein Freund ...»

Er stand auf, so gut er konnte. Und dann sagte er mit einer Stimme, mit der man der Neugier und der Gefräßigkeit die sensationellsten und ergötzlichsten Geheimnisse mitteilt:

«Ich hab sie hinter dem Flieder vergraben. Nicht dem weißen! Dem blauen!»

Er ließ sich wieder zurückfallen und fuhr fort, wie träumend: «Dem blauen ... dem blauen. Sie wollen sagen, ich hätte den gewählt, weil sie ihn dem andern vorzog? Ich könnte jetzt auch sagen, daß ich das absichtlich gemacht habe! Nein. Die Wahrheit, nichts als die Wahrheit, ich schwör's. Ich hab sie dahin getan, weil der Boden da weicher war. Um so schöner, daß es grad der blaue ist, nicht wahr? ... Meine arme kleine Schwester! Meine kleine Marie-Thérèse! Dieser Hund da tummelte sich die ganze Zeit in deinem Flieder!»

Er fing zu weinen an. Unter der Last dieses Bekenntnisses fühlte der Oberst den Boden unter sich schwinden.

«Mörder ...»

Pierre war einen Moment lang bestürzt, dann verwandelte sich sein Weinen in Gejammere.

«Nun ist es soweit! Ich hätte drauf wetten können! Ich wußte, daß man Häßliches, Schändliches denken würde, wenn ich mich hinreißen lasse, mein armes Herz zu erleichtern! Selbst Sie, Herr Oberst! Ein höherer Offizier! Die Ehre der französischen Armee!» Er hob eine Hand, sie zitterte wie die von Adrienne. «Ich war immerhin auch ein Soldat, ein Dragoner, ich hab mich wacker geschlagen! ‹Der Unteroffizier der Eliteeinheit hat sich nicht gefürchtet, sich während eines intensiven Beschusses freiwillig et cetera, et cetera.› Also, ich schwör Ihnen, Herr Oberst, ich schwör Ihnen ...»

«Was?» schrie der Oberst. «Was schwörst du mir?»

Pierre wackelte mit dem Kopf hin und her und sagte plötzlich getröstet, würdig und selbstsicher: «Ich schwör es Ihnen.»

II

Wenn er dieses außergewöhnliche Bekenntnis aus einem andern Mund bekommen hätte, dann hätte er es vielleicht einer krankhaften, erfinderischen Trunkenheit zugeschrieben; entgegen der allgemeinen Ansicht glaubte er nicht daran, daß die Wahrheit im Wein liegt. Aber dieser fette Pierre, der noch nie in seinem Leben eine schöpferische Gabe bewiesen hatte, den würden auch zwei Flaschen Scotch nicht dazu befähigen, plötzlich eine Pastorale oder den Westöstlichen Diwan zu schreiben. Er faselte heut abend nicht, weil er betrunken war, sondern er war betrunken, und zwar seit sechs Monaten, weil er eine Tat begangen hatte, deren Ausmaß, deren Schrecken und Geheimnis ihm das Leben unerträglich machten. Man mußte ihn so schnell wie möglich davon befreien, nicht aus Mitleid mit ihm, ganz sicher nicht, aber aus Mitleid mit seinem Vater, mit seiner Mutter ... mit Marie-Thérèse. Vorher aber mußte man den Schwamm auspressen, den Alkohol aus ihm herausholen. Der Oberst zerrte Pierre in die Küche. Sämtliche Ausnüchterungsmittel wurden angewendet, mit einer Grobheit, die eher an eine Folterkammer als an einen Operationssaal erinnerte. Ein Löffelstiel in den Hals, Wasser auf den Kopf, ein Eisumschlag um den Hals, Ammoniak unter die Nasenlöcher, kalter und bitterer Kaffee. Hinter einer Kiste kauerte Zodium und zitterte am ganzen Körper, erschreckt von dem Stöhnen und Schlucken des Unbekannten, der ihn vorher so übel behandelt hatte, und verängstigt von seinem Gestank. Fliegen, auf ihre Art auch betrunken, sirrten durch die Luft. Pierre ließ das Martyrium über sich ergehen und flehte seinen Peiniger an, entweder Gnade zu üben oder ihn zu töten. Der Oberst führte ihn zurück und brachte einen sterbenden Luftballon ins Arbeitszimmer. Aber Pierre hatte seine Seele wiedergefunden. Die Erinnerung an den blauen Flieder schreckte ihn. Einer nach dem andern, dachte der Oberst. Und Pierre begriff, daß er zuviel gesagt hatte, um jetzt schweigen zu können.

«Was soll's», murmelte er. «Wenn es nicht heute gewesen wäre, hätte ich's morgen gesagt oder ein andermal. Das lastete zu sehr.»

Der Oberst wickelte ihn in eine Decke. Mit dem Handtuch, das weiterhin um seinen Hals gewickelt war, dem Schweiß, der seine Stirn wie Wasser bedeckte, seiner grünmarmorierten weißen Haut glich er einem Ertrunkenen, den man durch ein Wunder gerettet hat. Er stöhnte jedesmal, wenn ihn ein Krampf aus seinem Sessel hob. Nur sein Blick, der nichts wahrnehmen konnte, erinnerte an seinen Zustand vorher. Es ist wahr, daß ein Ertrunkener einem Betrunkenen ähnelt.

«Herr Oberst, Sie dürfen nichts Schlechtes von mir denken, Herr Oberst ... Ich will's Ihnen erklären ... Vorher geh ich hier nicht weg! Ich werde Ihnen alles erklären! So wie ich es an der Front mit meinem Hauptmann machte. Wie ich es oft mit Ihnen machen wollte – oh, um Ihnen Torheiten zu erzählen, Weibergeschichten, unwichtiges Zeug! Ich hatte ja nichts anderes in meinem Leben. Man beichtet, was man kann! Gott, ist mir übel ... Niemals gewagt ... Das war nicht ernsthaft genug ... Heute ist es andersherum. So ernsthaft, daß ... Ja, das wird genau das Gegenteil, kapieren Sie, Herr Oberst?» Er war stolz darauf, daß er diese Folge von abstrakten Gedanken so glanzvoll hinter sich gebracht hatte. «So ist das.»

Der Oberst befahl ihm: «Fang mit dem Anfang an und schweif bei deinem Bericht nicht ab! Alle Einzelheiten, verstehst du? Wir verbringen die ganze Nacht damit, wenn's sein muß.»

«Ja», sagte Pierre. «Zahn um Zahn, Nacht um Nacht. Sie werden sehn.» Er blinzelte, der Oberst dachte an die Küche. Ich bin noch zu sanft mit ihm umgegangen. «Von Anfang an. Von meiner Heimkehr aus dem Büro. Am Dienstagabend, am 10. März Schlag sieben Uhr, wie üblich. Allein, weil Papa für zwei Tage weg war. Er sollte am nächsten Morgen heimkommen. Alles ging gut, sehr gut! Na, eben nicht schlecht, wie üblich, was ... Sie sehen, ich sag Ihnen alles. Und dann, als ich heimkam, die erste Überraschung. Georges hatte mir am Morgen gesagt, er würde zu Haus sein, und wenn er zu Haus war, dann kam er immer das Tor aufmachen, wenn ich hupte. Ich hupe also und hupe noch mal. Kein Mensch. Ich sag mir: er ist eben doch weggegangen, bring den Wagen in die Garage, geh ins Haus, geh in den Salon. Da war Besuch, die dicke Mutter Couard. Da Mama am Abend vorher Migräne hatte, hatte ich Angst, ich hab mir gesagt: ist sie krank? Blöd genug, denn dann wäre Couard dagewesen, nicht seine Frau. Aber Mama hatte einen ihrer Zustände ... Einen Zustand ...! Sie hatte gerade den Brief von Marie-Thérèse gelesen.»

«Ich weiß», sagte der Oberst.

«Ja.» Pierre seufzte tief, und der Seufzer endete in einem Rülpser. «Ich war völlig platt, ich kann's nicht anders ausdrücken. Ich hab mir gesagt: ist sie verrückt geworden? Aber in Wahrheit hab ich nur an die Alten gedacht. An Papa, der morgen heimkommen und das erfahren würde. An Mama, die da war, Sie hätten sie sehen sollen ... Und die dicke Mutter, die nicht mehr ging, Beileidbekundungen losließ, wo sie doch hätte abhaun sollen! Mama schaute mich an, das war mitleiderregend. Ich hab gesagt: ‹Madame, ich danke Ihnen vielmals, daß Sie meiner Mutter Gesellschaft geleistet haben, bis ich heimgekommen bin!› Das hat sie immerhin verstanden und sich zurückgezogen. Und dann war ich allein mit Mama. Ich hab sie ausgefragt. Was sie von dieser Geschichte hielt, was sie davon wußte. Nichts, doch, ein bißchen, nicht mehr als das, kurzum! Ich hab verstanden, daß sie mir nichts sagen wollte, und hab gedacht, es gäb nichts zu sagen. Marie-Thérèse ließ sich von einem dieser Schloßbengel den Hof machen. Er hatte sie fallenlassen. Und sie nun, voll Verachtung ...» Ein neuer Krampf untermalte Pierres Theorie. Und dann sagte er sogleich, mit derselben Stimme, mit der er gesagt hatte ‹Gott, ist mir übel!›: «Ich kann mich jetzt nicht daran erinnern! Ich schwör Ihnen, im Moment, als ich …»

Der Oberst war fast außer sich vor Ungeduld. Mutig forderte er trotzdem: «Alle Einzelheiten, Pierre.»

Pierre blieb einen Augenblick still, sein Kinn hing aufs Handtuch herab.

«Alle Einzelheiten? O je! Ich habe Joséphine gerufen, damit sie das Essen auftrug. Mama wollte nichts essen, und ich wollte nicht, daß sie schlafen ging, ohne etwas gegessen zu haben. Sie sagte immer wieder: ‹Laß, Pierre, du ermüdest mich!› Meinen Sie, ich hätte sie in diesem Zustand allein lassen sollen? Was für ein Abendessen … Kein Georges, Mama zitternd, und ich, ich wußte nicht, worüber ich reden sollte. Ich hatte Joséphine gefragt, ob sie Marie-Thérèse hatte weggehn sehen. Aber es war ihr Waschtag, sie hatte den ganzen Nachmittag hinten im Garten im Waschhaus verbracht. Sie hatte, ebenso verblüfft wie ich, geantwortet: ‹Sie ist weggegangen?› Ich hab sie gefragt, ob jemand gekommen war. ‹Ich weiß nicht, ich glaub nicht.› Und wo Georges war? Er sagte immer vorher zu ihr: ich komm heut abend nicht, oder ich komme. Diesmal nichts dergleichen, er war spurlos verschwunden. Ich sagte mir: er hat wohl Marie-Thérèse begleitet.» Pierre runzelte die Stirn. «Alle Einzelheiten … Genügt Ihnen das noch nicht, Herr Oberst? Idioten, die sich das Gehirn zermartern, während eine Stunde später …»

Der Oberst stimmte zu: «Wenn nichts weiter war …»

Pierre senkte den Kopf und machte ein kummervolles Gesicht.

«Oh, nichts. Als ich sah, daß Mama nichts aß, hab ich zu ihr gesagt: ‹Also los, geh schlafen. Ich werd dich zu Bett bringen.› Sie wollte nicht, daß ich ihr beim Ausziehen half, ich hab hundert Schritte im Flur gemacht. Als sie mich rief, bin ich reingegangen, hab ihr gute Nacht gesagt, hab das Licht ausgemacht … Und bin raufgegangen.» Er hielt mit einem Rülpser inne.

Der Oberst fragte: «Wohin raufgegangen?»

«In mein Zimmer natürlich. Der erste Stock ist der Bereich der Alten. Ihr Zimmer, das der Großmutter, das für Freunde da war, als man noch Freunde empfing! Das der verstorbenen Witwe, in das niemand einen Fuß setzt ... Das des Dienstmädchens. Ganz oben, der Stock gehörte uns. Ich und Marie-Thérèse auf der einen Seite, Georges und das Zimmer für unsre Freunde auf der andern. Als es noch Freunde gab ... Würd es Ihnen was ausmachen, den Köter rauszulassen? Er dreht mir den Magen um.»

Zodium, der auf leisen Sohlen hereingekommen war, kämpfte gerade mit einem Teppich. Der Oberst trug ihn in die Küche. Die Düfte vom Wald hatten die Luft gereinigt, die Fliegen schliefen. Als er das Fenster schließen wollte, entdeckte er in der Nähe des Gartentors einen Schatten.

«Wer ist da?» fragte er kurz angebunden.

«Ich bin's», antwortete Fernands schüchterne Stimme. «Ist Pierre bei dir?»

Der Oberst stemmte sich auf die Fensterbank.

«Ja», sagte er. «Wir unterhalten uns.»

«Wunderbar!» rief Redoux fröhlich. «Wunderbar, ich geh dann wieder! Gute Nacht, Sébastien! Entschuldige!»

Er ging rasch. Pierre war schläfrig und fröstelte. Und nur ein paar Schritte vom blauen Flieder weg wird Fernand voller Hoffnung einschlafen ... Verdurstende hängen sich an mich. Ich suche, ich grabe, ich finde eine Quelle. Sie ist vergiftet. Der Oberst hielt mit Mühe ein Schaudern zurück und rief: «Pierre!» Der Junge hatte einen leeren Blick. «Du bist raufgegangen ...»

«Ja. Und als ich mich in meinem Zimmer wiederfand und Marie-Thérèses Tür sah, da, in diesem Moment, begriff ich, daß ich sie nie wiedersehen würde. Das hat mir einen Schlag versetzt. Morgens hat man die Schwester verlassen, hat wie üblich nicht guten Tag und nicht auf Wiedersehn gesagt, nur ein kleiner Gruß mit den Fingern, dann kommt man abends heim und erfährt, daß man sie nie wiedersehn wird. Und nicht, daß sie gestorben wäre. Denn das hab ich gedacht: und nicht, daß sie gestorben wäre. Ich bin bestimmt nicht besonders gut in Vorahnungen! Aber war das nicht eine Vorahnung, die mich hineingehen ließ? Denn ich hatte wirklich keinen Anlaß, gar keinen Anlaß, hören Sie? Ich hab's für eine Grille gehalten ...»

Er warf mit einem Ruck die Decke und das Handtuch ab, als ob es ihm plötzlich zu heiß geworden wäre. Schweißtropfen perlten auf seiner Oberlippe. Er drehte am Griff einer eingebildeten Tür.

«Ich hab drei Schritte gemacht. Nein, zwei. Ja, ein, zwei Schritte. Man sah noch ein ganz klein bißchen. Ich hab zuerst gar nicht daran gedacht, nach dem Bett zu sehen. Ich hab das ganze angeschaut ... das Zimmer. Das Zimmer meiner Schwester ... Da war das angelehnte Fenster. Ein Koffer auf dem Boden. Dann hab ich aber doch noch in die Richtung geschaut, in der das Bett stand ...»

Mit vorgestrecktem Hals und geblähten Nasenlöchern machte Pierre den Eindruck, als spräche er in einem hypnotischen Schlaf, und mehr als je ähnelte er einem Schwein. Trotz seiner eignen Erregung bei diesem Hauptpunkt des Berichts konnte der Oberst nicht verhindern, daß er an die Genossen des Odysseus dachte, an den Augenblick, als sie bei der bösen Zauberin verwandelt wurden.

«Und dann?» sagte er lebhaft.

Ohne aufzuwachen, neigte Pierre sich ihm zu.

«Ich glaubte, sie schläft», murmelte er. «Ich schwör's Ihnen. Ich hab sogar zu ihr gesagt: ‹Kleine Kröte, das ist ein schlechter Spaß.› Ja», und er begann zu weinen, «das hab ich gesagt ... Und dann plötzlich, als ich näherkam, glaubte ich zu sehen, daß ihre Augen offen waren, daß ihr Mund offenstand! Sie lag ganz angekleidet auf dem Bett. Ich hab sie sachte gerufen: ‹Marie-Thérèse ... He, Marie-Thérèse ...› Sie hat sich nicht gerührt. Ich hab ihre Hand angefaßt. Die war kalt. Ich hab mich auf die Nachttischlampe gestürzt, es war ja trotz allem fast Nacht. Ich hab sie angezündet. Und ich hab begriffen, daß sie tot war.»

Er nahm einen Zipfel des Handtuchs und trocknete sich damit die Stirn ab. Der Oberst hatte die Lippen halb geöffnet, er mochte sich nicht atmen hören.

«Ich hab einen Schrei ausgestoßen. Ich hab geschrien: ‹Mama!› Ich hab einfach geschrien. Aber selbst wenn ich so geschrien hab, wie ich nur konnte, es ist mir im Hals steckengeblieben. Dann hab ich gelauscht. Kein Laut. Ich hab beschlossen hinabzugehn. Ich hab mich an die Tür gelehnt, die zum Flur geht, sie war abgeschlossen. Beachten Sie, daß der Schlüssel steckte! Ich hab ihn später dann benutzt ... Aber ich muß völlig durcheinander gewesen sein, ich bin durch mein Zimmer gegangen. Aber dann, im Flur, sagte ich mir plötzlich: Nein. Und ich bin zu Marie-Thérèse zurückgekehrt.»

«Warum denn?»

«Nun ja», sagte Pierre und glich plötzlich dem dicken Baby, das er vor dreißig Jahren gewesen war, «sollte ich Mama wecken und ihr erzählen: ‹Weißt du, Marie-Thérèse, die ist nicht weggegangen, sie ist oben, nur, ist sie tot.› Ich dachte, damit würde ich sie umbringen.»

Der Oberst hielt einen Ausruf zurück.

«Also», fuhr Pierre fort, ohne etwas zu bemerken, «bin ich in das Zimmer zurückgekehrt. Ich hab nachgedacht! Stundenlang! Bis zwei, drei Uhr morgens. Und die Gedanken drehten sich immer um dasselbe. Da war der Brief, und ich hatte nicht schreien können. Wollte das alles nicht bedeuten, daß ich alles selbst in Ordnung bringen mußte?»

Aus dem Oberst brach der Zorn aus.

«Und deswegen hast du deine Schwester wie einen Hund verscharrt?»

Pierre wandte sich ihm wieder zu. Er schaute ihn an, stumm, enttäuscht, verletzt, wie man einen Gegenstand anschaut, von dem man glaubt, er ist aus Bronze, und dann stellt man beim Kratzen fest, daß er aus Gips ist.

«Ich hätte wirklich nicht gedacht, daß so etwas Sie erstaunt, Herr Oberst! Ich hätte sogar geglaubt, daß ein Mann wie Sie sich sofort dazu entschlossen hätte. Während ich, ein einfacher Unteroffizier, für den alles immer schon entschieden war, stundenlang zögerte, bis ich mich entschloß. Ach», fügte er mit erstaunlicher Bitterkeit hinzu, «nicht daß es mich gestört hätte, ein Loch zu graben und jemanden hineinzulegen, den ich geliebt hatte! Man hat sich in vier Jahren an manches gewöhnt. Ich hab meine beiden besten Kameraden beerdigt, ja, ich allein! Ich werde nie wieder Freunde wie sie haben … und nachher? Die Toten sind tot. Wenn sie im Krieg auf den Hokuspokus verzichten konnten, warum sollten sie's nicht im Frieden können? Ja, ich hab am Bett von Marie-Thérèse wie ein Kalb geheult. Aber ich wußte genau, daß da vor mir keiner mehr lag. Die Seele zum Himmel, wenn es eine Seele und wenn es einen Himmel gibt. Der Rest … Wovor haben Sie Angst? Daß ich sie lebend in die Erde gelegt habe? Seien Sie beruhigt, ich weiß, was ein Toter ist. Das Herz. Der Puls. Der Spiegel. Die Reflexe. Die ganze Lektion hab ich da oben durchgenommen. Nun?»

Der Oberst lauschte Pierre und erkannte ihn nicht wieder. Der Bursche hatte wieder seine Betrunkenenstimme, aber was er sagte, paßte überhaupt nicht zur Trunkenheit, nicht einmal zu ihm. Diesen Menschen, der da sprach, hätte man den je hinter dem fröhlichen Schweinchen, hinter der kalauernden Unschuld vermutet? Und er versucht gar nicht, sich zu verteidigen, dachte der Oberst. Er beschuldigt mich, er greift mich an, er verachtet mich. Ein Mann, aus dem Krieg geboren … Aber der hatte ihn auch nicht besser beraten als seine Eltern! Da hatte er sich vier Jahre lang zur Zufriedenheit seiner Vorgesetzten geschlagen und keine andre Lehre daraus gezogen als diesen beschränkten, falschen, voltairisch aufgeklärten Satz ‹Die Toten sind tot›! Da hatte er selber seine beiden besten Freunde begraben, nur um am Himmel und an Gott zu zweifeln! Und dahin hatte am Ende nun die Verwirrung dieses einfältigen Geistes geführt: es ist ganz natürlich, hinten im Garten ein Loch zu graben …

Plötzlich stand, ein Gespenst, Adriennes Bild vor dem Oberst. Wie sie, vor Schrecken aufgerichtet, schrie: ‹Sébastien! Ich will nicht, daß meine kleine Tochter stirbt! Ich will das nicht!› Und sie wußte, sie wußte, daß Marie-Thérèse nicht ins Kloster gegangen war! Wie konnte die Wahrheit so seltsam das Herz einer Mutter überfallen und sich doch weigern, sich ihr zu offenbaren, sie vielmehr mit schrecklichen Lügen beruhigen, mit Lügen, die ihr eine lebendige Tochter bewahrten! Adrienne hatte die ganze Nacht über sich jemanden auf und ab gehn gehört. Wäre sie aufgestanden und auf den Flur hinausgegangen, dann hätte sie ihren Sohn den Leichnam ihrer Tochter tragen sehn. Eine Angst, die viel klüger als sie selber war, hatte sie vor diesem Schauspiel bewahrt. War Pierre also gerechtfertigt? Nein, noch immer war eigentlich nichts klar. Im übrigen war das auch nicht das Problem. Und der Oberst fand zu seinem ersten Zorn zurück: Wie schwer auch immer der Kummer, das Leid der Lebenden sein mochten, niemand hatte das

Recht, ein Verbrechen zu vertuschen. Pierre, der ihm kopfschüttelnd und wie zwischen zwei Taumeln schwankend zuhörte, protestierte mit erhobener Stimme:

«Ein Verbrechen ... ein Verbrechen ... Warum wollen Sie, daß es da ein Verbrechen gegeben hat? Sie hat sich umgebracht, die arme Kleine, weil sie es satt hatte. Das ist traurig genug! Da braucht's nicht auch noch ein Verbrechen.»

«Wenn sie dazu getrieben wurde, sich umzubringen», erwiderte der Oberst, «dann ist das ein Verbrechen, das gemeinste, unverzeihlichste von allen. Pierre, hast du wirklich jede Moral verloren? Nehmen wir an, du hast in dieser Nacht wirklich geglaubt, du solltest das tun. Aber nachher, nachher? Ist es möglich, daß du seit sechs Monaten ...?»

Pierre lachte voll bitterer Befriedigung.

«Seit sechs Monaten betrinke ich mich. Das ist vielleicht Gleichgültigkeit, Feigheit, nennen Sie's wie Sie wollen: ich betrinke mich.»

Er hörte auf zu lachen, seine Nasenflügel zitterten.

«Ich hab's auch satt. Das Leben, die Leute, die Dinge. Ich hab mein Möglichstes getan, um die Eltern zu schonen. Was hat es genützt? Und ich behaupte, daß das nicht mein Fehler ist. Georges ist ein kleiner Lump. Er hätte hierbleiben können wie ich. Aber diese Sorte Dickköpfe nimmt jede Gelegenheit wahr, um auszubrechen!»

«Weiß er die Wahrheit?»

«Sind Sie verrückt?» Pierre hatte für einen Augenblick seinen Kinderblick. «Entschuldigung, Herr Oberst. Aber trotzdem, können Sie sich vorstellen, daß ich Georges eine solche Geschichte erzähle? Nein, er weiß nichts. Das hindert ihn nicht daran, sich wichtig zu machen! Er ekelt mich an. Jedesmal, wenn ich ihn besuche, ist er es, der mir Vorhaltungen macht. ‹Du trinkst!› – ‹Du gehst zu den Weibern!› Ich antworte ihm: ‹Wenn du so ernsthaft und ordentlich bist, dann geh doch nach Haus zurück, dann kann ich nämlich gehn!› Stellen Sie sich das vor!»

«Und du hast dich nie gefragt», sagte der Oberst ernst, «ob nicht auch er ein Geheimnis hat, das er deinem entgegenhalten könnte?»

«Pfft!» spottete Pierre. Er hob die Schultern und erklärte schulmeisterlich: «Im Haus gab es nur diese eine Leiche.»

«Geh ins Bett!» rief der Oberst.

Pierre schnaubte, stützte sich auf die Armlehnen des Sessels und sagte im Aufstehn: «Gut.» Er ging sogar, so gut er konnte, durchs Zimmer bis an die Tür. Und ohne sich umzudrehen, fügte er hinzu: «Wenn einer kommt und mir erzählen will, daß eine Beichte einen erleichtert, dem breche ich den Hals. Guten Abend.»

Er schloß die Tür hinter sich. In der Küche begann Zodium zu bellen. Der Oberst hörte, wie Pierre ihm antwortete: «Wau, wau.» Ich hätte ihn vielleicht nicht so gehen lassen sollen, sagte er sich. Dieser Unglückliche trägt das vernichtendste Geheimnis mit sich herum. Aber wenn ich eine außergewöhnliche Botschaft erhielt, hab ich mich dann darum gekümmert, ob der Bote verwundet oder betrunken war? Der Oberst drückte einen Daumen auf das gute Auge. Und in der Nacht, die sich herabsenkte, zogen Flieder, Zodium, Fernands Gesicht, zitternde Hände auf einem blauen Strickzeug und ein kleines Mädchen, das hinten im Garten seilhüpfte, an ihm vorbei, und er wiederholte verzweifelt: Das andre Auge ist immerhin offen. Es ist offen …

12

Am andern Morgen ging er los, um Picard zu finden. Nicht, weil es ihm während der Nacht nicht gelungen war, eine Theorie zusammenzuzimmern. In moralischer Hinsicht vereinfachte der Tod die Dinge. Er hob den schwer erträglichen Widerspruch zwischen dem Brief von Marie-Thérèse und ihrer Auseinandersetzung mit der Mutter auf. Erstens, das junge Mädchen hatte die Wahrheit gesagt, als sie ihren Entschluß aussprach, ins Kloster zu gehn, und sie hatte sich tatsächlich seit einem Monat auf diesen Schritt vorbereitet. Zweifellos hatte sie davor, wegen einer Sinnesänderung des Tronchetsohns und weil sie seine wahre Natur und Unwürdigkeit erkannte, sterben wollen. Aber Gott hatte ihr den richtigen

Weg gezeigt, den Weg, der zu Ihm führt. Dazu kam zweitens, daß ein ungeschickter Angriff Adriennes in Marie-Thérèse plötzlich den schrecklichen Stolz der Cordon-Riquiers geweckt hatte. Nein, noch war die arme Kleine keine Heilige! Sie bäumt sich auf, sträubt sich, greift an, beleidigt. Sie vergißt, daß sie im Grund ja die Meinung ihrer Mutter völlig teilt. Das ganze schöne Werk, das sich seit einem Monat in ihr aufgebaut hat, ist nur noch ein Trümmerhaufen, und es beginnt die große schreckliche Versuchung der letzten vierundzwanzig Stunden, der Kampf zwischen dem Engel und dem Dämon. Der Engel glaubt, er habe gesiegt. Er schreibt den Brief, legt ihn auf den Eßtisch, beginnt die Koffer zu packen. Da taucht der Dämon wieder auf und tötet.

Eigentlich hatte die Polizei mit einer solchen Sache nichts zu tun. Man verfolgt weder einen Dämon noch eine ungeschickte Mutter, nicht einmal einen Verführer, gegen den man nicht die geringsten Beweise hat. Aber der Oberst ließ es trotzdem nicht zu, daß die Überreste von Marie-Thérèse im Garten blieben. Doch ihr ohne weiteren Skandal zu einer Beerdigung verhelfen und wenn möglich die Eltern in ihrer glücklichen Unwissenheit zu lassen – diese Probleme konnte er ganz allein nicht lösen. Im Geist ließ er seine Bekannten an sich vorbeiziehen. Er hatte lediglich mit Mammès und eben mit den Redoux wieder Verbindung aufgenommen. Er erinnerte sich an Picard, natürlich nicht an den Polizisten Picard, den Beamten womöglich, sondern an den guten Kameraden, den zuverlässigen Vertrauten, den sicheren Geist, der bereit war, sich zu kompromittieren, um ihm zu helfen. Und wenn alles vorbei ist, sagte er sich, dann werde ich abreisen. Dieser Entschluß erstaunte ihn, er hatte ihn nicht kommen sehn. Er verschob es auf später, ihn zu erklären, sich seinen Ursprung und Sinn klarzumachen. Aber daß er gefallen war, endgültig gefallen im Augenblick, da er sich ihm zeigte, daran zweifelte er keine Sekunde.

Picard empfing ihn sichtlich bewegt. Bescheiden sagte er sofort: «Womit kann ich Ihnen dienen?»

Der Oberst antwortete: «Indem Sie mir bei einer Geschichte zuhören, von der ich möchte, daß Sie sie kennen. Mit Ihrem Wort, daß sie unter uns bleibt.»

Er machte ein Zeichen in Richtung auf einen kleinen, kahlen und spitzen Mann, der am Fenster saß und schrieb.

«Truflot!» befahl Picard. «Verbiete jedem die Tür, wer immer es sein mag!»

Truflot kannte diese Formel: er verschwand. Der Oberst hatte sich seinen Bericht im Zug zurechtgelegt. Sauber, schnell, vollständig, ohne Namen. Am Fehlen jeglicher Kommentare merkte Picard von den ersten Sätzen an, wie schwerwiegend die Sache war. Der Oberst redete zwanzig Minuten lang, Picard unterbrach ihn kein einziges Mal. Er kaute an den Nägeln, zündete drei Zigaretten an, die er nur halb rauchte, und versuchte, ein Lineal zu einem Halbkreis zu machen. Wie nervös er geworden ist, dachte der Oberst, der ihn noch nie bei der Arbeit gesehen hatte. Als er das tragische Ende des Berichts herausgebracht hatte, fragte er sich, ob er nicht eine Ungeschicklichkeit begangen hatte. Bei der Enthüllung fuhr Picard auf.

«Ein Verbrechen!»

Und der Oberst hörte sich antworten: «Oh, ein Verbrechen ...» – wie Pierre gesagt hätte, wie Pierre gesagt hatte. Er sah sich in dem unliebsamen Gedanken bestätigt, daß er nicht hätte kommen sollen. Das ist nicht mehr mein Reisekamerad, sagte er sich, das ist ein Bulle. Picard lächelte breit.

«Sie denken an eine Berufskrankheit», sagte er. «Sicher, das gibt es. Aber Ihr Begriff von Pflicht ist so, Herr Oberst, daß Sie meinen verstehen müssen. Ich möchte nichts lieber, als daß Ihr unglückliches junges Mädchen sich umgebracht hat. Die Verbrechen hängen mir zum Hals heraus. Nur muß ich Gewißheit darüber haben, daß da kein Verbrechen vorliegt. Können Sie zum Beispiel beweisen, daß der Sohn des Schloßherrn das Opfer nicht mit eigner Hand vergiftet hat? Daß er ihr nicht das Röhrchen Gardenal oder Veronal, von dem sie dann nahm, selber in die Handtasche steckte?»

Der Oberst wurde rot. Er erhob sich, sagte laut: «Verzeihen Sie!» – und setzte sich wieder.

Picard nahm eine neue Zigarette und sagte mit gerunzelter Stirn: «Ich bin ebenso ehrlich wie Sie, Herr Oberst. Ich denke nicht nur an die Leute vom Schloß. Ich verdächtige jedermann. Das ist meine Art, unparteiisch zu sein, und ich glaube, es gibt keine andre. Und dann, wenn ich die Leute immer besser kennenlerne, dann scheide ich aus.»

«Diese Kenntnis», sagte der Oberst etwas zögernd, «vermittle ich Ihnen.»

Picard beeilte sich zu antworten: «Ganz gewiß!» Und aufs neue lächelnd fügte er hinzu: «Und mit einem Psychologen wie Ihnen an der Spitze können wir alles machen! Aber sehen Sie, Herr Oberst, Sie sind eine reine Seele.» Dieses Wort, dachte der Oberst, hat mir schon ein Redoux an den Kopf geworfen. «Aber die Geschichte, die Sie da erzählt haben, ist so rein nicht.» Er warf seine Zigarette weg. «Ganz und gar nicht.»

Er fragte plötzlich: «Was für ein Gift hat sie genommen?»

Der Oberst gab zu: «Darüber weiß ich nichts, ihr Bruder hat mir nichts gesagt.»

«Aha!» sagte Picard. «Er hat nichts gefunden. Man kann sich vergiften und dann noch den Mut haben, die Flasche oder das leere Röhrchen wegzuwerfen. Das ist aber selten, im allgemeinen legt man sich gleich hin. Aber was beweist, daß sie sich vergiftet hat?»

«Was soll sie denn andres gemacht haben?»

«Um sich umzubringen? Natürlich. Und genau das müssen wir herausbringen: ob sie sich umgebracht hat. Oder ob man sie umgebracht hat. Wir wissen, daß die Mutter weggegangen und das Dienstmädchen hinten im Garten war. Jemand hätte kommen und ins Zimmer hinaufgehn können.»

«Die Tür war von innen abgeschlossen.»

«Eine der Türen, haben Sie mir gesagt. Nicht die zum Zimmer des älteren Bruders. Außerdem war da noch der jüngere Bruder, der nach der Heimkehr der Mutter verschwunden ist.»

Der Oberst rief aus: «Ich stehe dafür, daß er kein Verbrechen begangen hat! Er hat nicht einmal einen Verdacht. Der ist so sauber wie ich.»

«Aber er könnte irgend etwas gehört haben, eine Auseinandersetzung, einen Streit? Er könnte sogar weggegangen sein, um nicht noch mehr zu hören? Und das Verbrechen könnte hinterher passiert sein?»

Der Oberst starrte ihn an. «Das würde sein ganzes Verhalten erklären», murmelte er.

Picard fuhr fort: «Wir sind noch nicht bei den Erklärungen, wir betrachten erst die Tatsachen. Und der ältere Bruder, Herr Oberst, können Sie mir da auch versichern, daß er keines Verbrechens fähig ist?»

Die Antwort, sehr nachdrücklich: «Das scheint mir so.»

Und Picard, ohne auf den Ton der Antwort einzugehen: «Das scheint Ihnen so. Sie denken mit gutem Grund, daß ein Mensch, der fähig ist, seine Schwester zu vergraben, auch imstand ist, sie umzubringen.»

«Ja und nein», sagte der Oberst. «Ja, im Prinzip. Nein, wenn es sich um Pierre handelt. Sie haben seinen Bericht nicht gehört! Jetzt, um die Wahrheit zu sagen, weiß ich nicht mehr so recht.»

«Wie ist sie gestorben? Was für ein Gesicht hatte sie?» fuhr Picard fort, den Blick in die Ferne gerichtet. «Folgen wir dem Bericht. Die Augen offen, der Mund offen ...» Sein Blick richtete sich jetzt auf den Oberst. «Da besteht kein Zweifel. Die Religion verlangt von Ihnen, daß Sie dieser Unglücklichen zu einer ordentlichen Beerdigung verhelfen. Die Gerechtigkeit verlangt von mir, daß ich sie auf die Ursache ihres Todes hin untersuchen lasse. Wie können wir hoffen, dieses doppelte Ziel ohne die Eltern zu erreichen?»

Die Stimme des Oberst wurde fest. Laut sagte er, und allein eine senkrechte Linie zwischen den Brauen zeigte, wieviel Kummer ihm sein Entschluß machte: «Ich hoffe nichts mehr.»

«Wir werden keinen Skandal daraus machen», sagte Picard. «Wollen Sie mich morgen mit nach Marlieux nehmen? Es gehört nicht mehr zu meinen Aufgaben, Untersuchungen anzustellen, aber es handelt sich da auch nicht um eine Untersuchung. Wir besuchen Ihre Nachbarn.» Und etwas verwirrt fügte Picard hinzu: «Könnten Sie mich ... als einen Freund einführen?»

Der Oberst war erstaunt über soviel Umstände. Mit trockenem Lachen erwiderte er: «Ich will nicht noch eine Lüge. Das wird mir allmählich unerträglich. Seit jener Nacht empfinde ich nicht mehr Zorn gegen die Menschen, nein, das ist ... das ist eine Art von Unruhe und Spannung ...»

Einen Augenblick lang respektierte Picard sein Schweigen. Dann sagte er: «Darf ich Sie um den Namen Ihrer Nachbarn bitten?»

Als er ihn hörte, schien er verstimmt. «Redoux», wiederholte er. «Der Redoux von den Versicherungen? Unser Kunstgriff hätte bei ihm keinen Sinn. Er war erst neulich wegen eines Diebstahls bei mir, er würde mich wiedererkennen. Wir müssen anders vorgehen.» Picards Gesicht hellte sich auf. «Herr Oberst, wir haben hier einen Mann, der ist mein bester und ältester Freund. Er sollte meinen Platz einnehmen! Er ist sehr viel weniger nervös als ich, viel feinfühliger, unvergleichlich viel schlauer! Er wird das Problem im Handumdrehen lösen!»

«Sie sind ein liebenswürdiger Mensch!» sagte der Oberst.

«Der muß her», sagte Picard bestimmt. «Wenn ein Fall stockt, dann muß er her!» Er nahm den Telefonhörer ab und sagte lebhaft: «Könnten Sie nachschauen, ob Monsieur Belot im Haus ist?»

Wohin treiben wir? dachte der Oberst voller Bedenken. Die Dinge folgen eins aus dem andern, und so kommen wir dann ans Ende. Er verschränkte die Hände so sehr, daß es weh tat.

«Hauptinspektor Belot. Oberst Moine.»

Belot, ein Sinnbild der Ruhe wie der Oberst eines der Macht und des Ruhms, zeigte sich so bewegt, daß der Besucher gerührt war. Picard wiederholte fast wörtlich den Bericht des Oberst, dann entspann sich ein Gespräch. Zehn Minuten später sagte der Oberst zu Belot: «Sie hätte ich gern in den Kolonien dabeigehabt!» Fünf Minuten danach: «Befehligen Sie das Unternehmen!» In diesen fünfzehn Minuten hatte Belot nichts Aufsehenerregendes gesagt. Er hatte lediglich Picards Plan vervollständigt: Man sollte möglichst rasch nach Marlieux gehen, heute noch; man sollte versuchen, Georges dorthin mitzunehmen, um der vollzählig versammelten Familie dann zu sagen, was sich je nach der Stimmung zu sagen anbiete. Das alles war mehr eine Frage der Stimme, des Tons, der Haltung. Eine Viertelstunde genügte Belot, um den Oberst eindeutiger zu überzeugen und zu gewinnen, als das Picard während der ganzen Überfahrt gelungen war. Und Picard war glücklich.

«Viel Erfolg!» sagte er.

Ein Wagen der Präfektur brachte sie in die rue Monsieur-le-Prince. Der Oberst stieg die Treppe hinauf, die er vor zwei Tagen mit dem Gedanken herabgestiegen war, daß er sie nie wiedersehen würde. Der Kauf von Zodium, die Spiele gestern im Garten, das Auftauchen von Pierre und dann plötzlich diese schreckliche Beichte ... Er hatte das Gefühl, daß Marie-Thérèse nicht vor sechs Monaten, sondern erst gestern gestorben war. Immer wenn ein Lebender von unserm Tod erfährt, sagte er sich, sterben wir sozusagen aufs neue. Leidet unsre Seele darunter? Teilt sie den Kummer, den wir weiter verbreiten? Zwischen dem ersten und dem zweiten Stock überzeugte er sich von der Absurdität seiner Fragen. Zwischen dem zweiten und dem dritten bejahte er sie. Das Anschauen Gottes kann uns nicht von denen trennen, die uns lieben. Für Egoismus gibt's keine Belohnung im Himmel! Er ist nur auf der Erde eine Wohltat. Als er an der Tür der alten kleinen Dame klingelte, war er mit seinem Diskurs immer noch nicht am Ende. Aber Georges erschien, Georges selbst, der ja heute abend hätte weg sein können oder für ein Jahr lang verreist ... Der Oberst versuchte gar nicht erst, in seinem Gesicht zu lesen. Mit einem Schritt betrat er das Vorzimmer und befahl: «Mach dich fertig, ich nehme dich mit.»

Georges' Zimmer war offen. Zwischen den Papieren auf dem Tisch saß ein junger Mann in einem gestreiften Pullover, mit struppigem Haar, und lutschte an einer Seemannsstummelpfeife. Georges, der nichts geantwortet hatte, stellte ihn vor, schaute aber keinen dabei an.

«Ein Studienfreund, Herr Oberst.»

Er war bleich, seine Lippen zitterten.

«Sie sind der Oberst Moine!» rief der zottelige junge Mann und sprang vom Tisch. «Ich hab immer geglaubt, Redoux gibt an, wenn er von Ihnen redete!»

«Gibt er öfter mal an?» fragte der Oberst mit gespieltem Ernst.

«Nie», sagte der junge Mann. «Aber Sie persönlich zu kennen, das schien denn doch übertrieben!» Er steckte seine Stummelpfeife wieder in den Mund, wie um sich zu vergewissern, daß nun auch er mit einem Helden nah bekannt sei, und schloß: «Ich bin stolz!»

Der Oberst blickte kurz zu Georges hinüber. Eine treue Seele, dachte er gerührt. Im selben Moment erkannte er, daß die Anwesenheit des Freundes ihm seine Aufgabe erleichtern würde. Vor einem Dritten würde Georges sich bestimmt nicht widersetzen.

«Ich bitte um Verzeihung, wenn ich eure Unterhaltung störe. Mein kleiner Georges», seine Stimme wurde schwer, «ein Freund ist mit Neuigkeiten über deine Schwester da. Mit schlechten Neuigkeiten. Du mußt mitkommen, es ist nötig.»

Georges, der auch nur einen Pullover anhatte, riß eine Jacke vom Stuhl und sagte zu seinem Freund: «Ich komme heute abend bei dir vorbei.»

Was denkt er denn, wohin wir gehen, fragte sich der Oberst. Zu Marie-Thérèse? Ins Kloster zu Marie-Thérèse?

Sie gingen beide. Georges ging auf der Treppe voraus, schaute sich nicht ein einziges Mal um, stellte keine einzige Frage. Vor dem Haus wartete das Auto, der Chauffeur war allein. Der Oberst entdeckte Belot, der aus einem Café nebenan kam. Er hat telefoniert, sagte er sich.

«Das, mein lieber Belot, ist Georges Redoux, den ich wie einen Sohn liebe. Monsieur Belot ... ein alter Freund.»

Alle drei stiegen hinten ein, und der Wagen fuhr los.

«Ihrem Rat folgend, habe ich Monsieur Redoux angerufen», sagte Belot mit sachlicher und ruhiger Stimme. «Er hat mir gesagt, daß er sofort heimkommen wird.»

Zum erstenmal, seit sie jetzt beieinander waren, sah Georges den Oberst an. Mit zusammengebissenen Zähnen fragte er: «Wir fahren also nach Marlieux?»

Der Oberst antwortete traurig: «Es muß sein.»

Mit dem Blick eines Irren, einem Blick, der dem seiner Mutter glich, stieß Georges hervor: «Marie-Thérèse ist tot? Ist sie tot?»

Mit geschlossenen Augen antwortete der Oberst: «Wir wissen noch nicht ... Aber wie auch immer, ich zähle darauf, daß du tapfer bist, ja? Denk an deine Eltern.»

Der Junge, der zwischen den beiden Männern saß, wandte sich jetzt an Belot.

«Was wissen Sie, Monsieur?» Belot senkte den Kopf. «Sie wollen mir nichts sagen? Ist das eine Falle?» Er wandte sich wieder dem Oberst zu. «Eine Falle, um mich ins Haus zu bringen?»

Der Oberst deutete mit dem Kinn zum Nacken des Chauffeurs.

«Ruhig, Georges! Und überleg bitte. Meinst du, daß deine Eltern mich beauftragen, dich gefangenzunehmen, um dich dann einzusperren? Angesichts der Informationen, die Monsieur Belot hat, müßt ihr, müssen wir einen Familienrat halten. Wart ab. Monsieur Belot wird dann vor euch allen sprechen. Die Aufgabe, die er übernommen hat, ist nicht leicht. Ich selbst hab es ihm so vorgeschlagen.»

«Fahr nicht so schnell», sagte Belot zum Chauffeur, «mein Herz macht mir zu schaffen.»

Eine Lüge, dachte der Oberst. Er will Redoux und Pierre Zeit lassen, vor uns anzukommen. Um zur Wahrheit zu gelangen, haben wir uns voll ins Lügen gestürzt. Muß unsere Unvollkommenheit auf eine so elende Weise ihre Grenzen fühlen? Ich werde abreisen, wenn alles zu Ende ist. Aber wohin? Auf welchem Fleck der Welt außer dem, den zu betreten *die* mir verboten haben, kann ich mich selbst wiederfinden?

Keiner sprach mehr im Auto.

Als sie Marlieux vor sich liegen hatten, sahen sie vorn Redoux' Wagen den Hügel hinauffahren. Als sie vor der Villa ankamen, war er schon drin. Das Haus, den Rücken gegen die Abendsonne und gewiegt vom eintönigen Murmeln des Springbrunnens, schien zu schlafen wie immer. Georges stieß das Gitter auf und ließ die beiden Männer eintreten.

Der Oberst sagte unwillkürlich zu Belot: «Dieser Springbrunnen läuft Tag und Nacht.»

«Ah», sagte Belot, «seit wann?»

Der Oberst blickte verstohlen seinen neuen «Freund» an. Einem Polizisten kann man nichts sagen, dachte er. Trotzdem antwortete er: «Seit die Kleine verschwunden ist.»

Der Kies knirschte unter ihren Sohlen. Plötzlich drehte Belot sich um und rief: «François! – Ich habe vergessen, ihm Anweisungen für die Rückfahrt zu geben», sagte er.

Obwohl der Chauffeur herbeilief, ging er ihm entgegen. Sie wechselten leise ein paar Worte. Inzwischen erschien Redoux oben auf der Terrasse, kam zwei Stufen herunter und blieb stehn. Da ist der Unglückliche, der gleich alles wissen wird, dachte der

Oberst. Er ist bei der Ankunft seiner Henker dabei. Warum nimmt er nicht lieber eine Schaufel und gräbt die Erde unter dem blauen Flieder auf? Nicht unter dem weißen, unter dem blauen …

Belot war wieder an seiner Seite. Sie traten näher, und der Oberst sagte: «Fernand, darf ich dir meinen Freund Belot vorstellen?»

Das Gesicht voller Angst, antwortete Redoux: «Sehr erfreut.»

13

Gute Adrienne! Wie schwierig, wie verlegen, wie erstickend hätten diese ersten Minuten sein können, aber sie sagte einige Worte, stehend, in ihrer verlorenen Art und etwas zitternd, und alle hatten sie durchgestanden und konnten mit der Unterhaltung beginnen. Sie nickte Georges nur ein wenig mit dem Kopf zu, als sei er kaum länger weggewesen als Pierre. Und der hatte sich sofort ganz hinten im Salon bei der großen Bodenvase niedergelassen. Eine Hand in der Hand des Oberst, der sie einen Augenblick lang festhielt, um ihr etwas von seiner Kraft und Unbewegtheit mitzuteilen, sagte Adrienne mit matter, aber gespannter Stimme zu Belot:

«Mein Mann hat mir Ihren Besuch angekündigt, Monsieur … Sie haben uns etwas über Marie-Thérèse mitzuteilen … Was auch immer Sie uns sagen, alles wird besser werden … Sie kennen meinen ältesten Sohn? Pierre. Entschuldigen Sie ihn, er fühlt sich seit heut morgen nicht wohl, er muß sich gestern abend erkältet haben, als er von Ihnen zurückkam, Sébastien … Auf meinen Rat hin hat er ordentlich Grog getrunken.»

Arme Adrienne! Gegen alle Vernunft wollte sie auch weiterhin die Familienehre retten und gab sich Mühe, die Dinge so darzustellen, wie sie sie gern gehabt hätte. Glaubte sie wirklich, der Oberst habe seinem «Freund» nichts von Pierres Sauferei erzählt? Vielleicht ist sie keine gute Hausfrau, sagte er sich, aber eine Dame von Welt ist sie. Pierre hatte sich prustend aus seinem Sessel erhoben. Er ging auf Belot zu, gab ihm eine weiche Hand und schaute ihn prüfend so gerade an, wie es ging, mit dem offenkundigen Wunsch, seinem Argwohn Ausdruck zu geben. Mochte er auch betrunken sein, er spürte die Verbindung zu gestern abend.

«Grog ist völlig angebracht», sagte Belot höflich.

«Setz dich doch, meine Liebe», sagte Redoux zu seiner Frau. «Setz dich, Sébastien. Monsieur, wollen Sie mir die Ehre erweisen ...»

Belot setzte sich auf einen der leichten Stühle neben dem Fenster, Redoux auf den andern. Adrienne und der Oberst fanden sich beide am Teetischchen wieder wie am Tag der Beichte. Die beiden Jungen waren weiter weg, allein, außerhalb. Der Oberst wagte Pierre nicht anzuschaun. Er betrachtete Fernand.

«Also», begann er. «Nach deinem Besuch vor einer Woche hatte ich Gelegenheit, meinen Freund Belot zu besuchen ...» Er unterbrach sich und brachte in leicht verstörtem Ton heraus: «Übrigens, das ist seine Sache ... Reden Sie, Belot.»

«Ja, wir hatten die Gelegenheit, uns zu sehen», wiederholte Belot mit einer etwas offiziellen Schwere. – Er sieht nicht wie ein Polizist aus, dachte der Oberst, eher schon wie ein Notar. – «Mein Freund war bekümmert, er wollte mir seine Sorgen anvertraun. Was Ihnen allen solche Sorgen machte, war der Eintritt Ihres Fräulein Tochter in ein Kloster. Oberst Moine hatte einen Gedanken, den er mir mitteilte. Man sollte herausbringen, in welchem Kloster Ihr Fräulein Tochter sich aufhält, und dann sollte man, durch Vermittlung der Oberin oder auf dem Weg über kirchliche Autoritäten, zu erfahren versuchen, wie ihre geistige Verfassung wirklich ist. Verzeihen Sie mir, aber ich bin kein guter Redner ...»

«Aber im Gegenteil», rief Redoux aus, «ganz im Gegenteil!»

Adrienne begnügte sich mit einem Kopfnicken. Sie hatte das blaue Strickzeug und die Nadeln wieder hervorgeholt, aber die Hände zitterten bloß und arbeiteten nicht. Keiner rührte sich. Man lauschte der vom Weinen des Springbrunnens begleiteten Lüge.

«Nun ja», fuhr Belot fort, «die Idee von Oberst Moine war folgende.» – Der Oberst hielt die Stirn gesenkt und hatte eine unerträgliche Hitze in den Wangen. – «Entweder fühlte sich Ihre Tochter wirklich berufen, und in dem Fall hätte man Sie davon überzeugen müssen, Ihre ... nun ja, Hintergedanken aufzugeben. Oder aber es handelte sich um so einen Einfall. Und man legt das Gelübde ja nicht nach acht Tagen, nicht einmal nach sechs Monaten ab. Es wäre noch Zeit genug gewesen, die Oberin aufzuklären oder wenigstens zu warnen.»

Redoux stand unvermittelt auf und lief auf den Oberst zu. Fast auf den Knien drückte er ihm die Hände. «Wie gut das von dir war, großer Freund», murmelte er inbrünstig.

Aus Pierres Sessel kam eine ironische, salbungsvolle Stimme: «Wart's nur ab, mein kleiner Papa! Hör weiter ...»

Der Oberst hatte den glühenden Wunsch, ihn umzubringen. Weder Adrienne noch Georges zuckten mit der Wimper. Redoux stand wieder auf und ging wortlos auf seinen Platz zurück.

«Ihr Sohn hat recht», sagte Belot ernst. «Oberst Moines Wunsch ließ sich nicht erfüllen. Unser Freund wußte von meinen Verbindungen zu kirchlichen Kreisen. Er bat mich, Recherchen anzustellen. Ihr Fräulein Tochter ist nirgendwo.»

Der Oberst hob die Augen. Adrienne rührte sich nicht, wenn man das von einem sagen darf, der bis zu den Ellbogen hinauf zittert.

«Nirgendwo?» wiederholte Redoux.

Georges schrie: «Wie können Sie so etwas behaupten? Eine Woche, um bei allen Karmeliterinnenklöstern in der Welt anzufragen? Hat Marie-Thérèse Ihnen jemals gesagt, sie werde in Frankreich bleiben? In Indochina, in Afrika, überall gibt es Klöster! Sie hat tausendmal Zeit gehabt, dorthin zu gehn!»

«Ich will nicht unkorrekt sein», sagte Redoux mit kläglicher Stimme, «und auch nicht die ... die Sicherheit Ihrer liebenswürdigen Untersuchungen in Zweifel ziehen, aber Georges bringt da ein Argument vor ...»

Mit ihrer schrecklichen Ruhe sagte Adrienne: «Lassen wir Monsieur Belot reden.»

Offenbar, dachte der Oberst angstvoll, glaubt sie etwas zu wissen. Mußte dieses Glaubens wegen alles an die Öffentlichkeit kommen? Diese Polizisten hatten versprochen ...

«Ihr Fräulein Tochter ist nirgendwo», wiederholte Belot. «Indochina und Afrika sind für Telegramme, und besonders für offizielle Telegramme, nicht weiter als die Umgebung von Paris.»

«Und wenn eine Oberin nicht antworten will?» erwiderte Georges mit der alten Heftigkeit. «Marie-Thérèse ist sechsundzwanzig, sie ist niemandem Rechenschaft schuldig! Sie konnte verlangen, daß man sie vor der Welt verbirgt, daß man sie an nichts mehr erinnert, das ihr angst macht. Genau die Gründe, die Sie heute hierhergeführt haben, um die Familie zu beruhigen. Aber im Gegenteil, Sie müssen uns in Unruhe versetzen!»

«Wenn Monsieur Belot sagt, daß sie in keinem Kloster ist», wiederholte Adrienne langsam, «dann ist sie in keinem Kloster.»

Redoux stand auf und setzte sich wieder. «Ich verstehe nicht», sagte er. «Wenn sie in keinem Kloster ist, wo soll sie dann sein?»

«Man kann seine Meinung ändern», sagte Adrienne. «Im Augenblick, in dem man einen solchen Entschluß faßt, kann man seine Meinung ändern. Man kann davon Abstand nehmen.»

«Und was macht man dann?» fragte Redoux.

«Dummheiten.»

Georges sprang in seiner Ecke auf. Der Oberst sah, daß der Junge die Fäuste geballt hatte wie neulich.

«Mama, schweig!»

Adrienne wandte sich ihm heftig zu. «Hat sie dich ins Vertrauen gezogen? Und warum sollte ich schweigen? Hat sie dir gesagt, daß sie liebte? Und gesagt, wen sie liebte?»

Georges, der sich nicht rührte, aber dessen ganzer Körper nach vorn wollte, heulte jetzt: «Mama!»

«Hat sie das gesagt?» fuhr Adrienne unerbittlich fort. «Mir hat sie gesagt, daß sie mit ihm weggehen will.»

«Aber mit wem?» fragte Redoux. Er öffnete die Arme in einer flehenden Geste. «Du weißt es, Georges weiß es, und ich, ich weiß es nicht, ich, ihr Vater?»

«Mit dem schmutzigsten Schuft. Mit Xavier Tronchet. Ja, warum sollst du es nicht auch wissen?»

Redoux schrie: «Das ist *nicht wahr*!»

Und man wußte nicht, ob er damit eine solche Anklage zurückweisen oder seiner Bestürzung freien Lauf lassen wollte. Er stand wieder auf und setzte sich nicht mehr hin. Georges blieb stehen, um seine Mutter am Reden zu hindern. Fernand stand, um mehr zu erfahren. Zwischen beiden Adrienne, abwesend wie eine Sibylle. Und was mochte Pierre in seinem Sessel denken? Und Belot, Belot …

«Madame», sagte Belot, «Ihre Tochter ist auch nicht mit Xavier Tronchet zusammen.»

Adrienne korrigierte: «Sie wollen sagen, sie ist nicht mehr mit ihm zusammen?»

Pierres Stimme kam hervor, er selbst auch. Er kämpfte mit der Tiefe des Sessels, es gelang ihm nur, sich aufzusetzen. Aber seine Stimme war jetzt wütend und verzweifelt.

«Ihr werdet noch sehen! Ihr werdet sehen, was sie alles noch erfinden werden, um euch leiden zu lassen! Das ist eine Teufelei des Oberst. Er hat mich gestern abend dazu gebracht, Dummheiten zu erzählen, weil ich betrunken war! Ich wollte ihn vor den Kopf stoßen, und das haben wir nun davon. Sie werden euch sagen, daß Marie-Thérèse tot ist! Ich wette, daß dieser Kerl …»

Ein Schrei unterbrach ihn. *«Nein!»*

Das war Adrienne, die nun ihrerseits lostobte. Auch sie richtete sich auf, die Szene wurde allmählich unerträglich. Sie ging auf Pierres Sessel zu, ihr ganzer Körper zitterte. Sie wiederholte: «Du lügst! Du lügst! Sie ist nicht tot! Marie-Thérèse ist nicht tot, sie kann nicht tot sein, das hätte sie mir nicht angetan! Sie lebt, sie weint! Man weint nicht, wenn man tot ist!»

Redoux lief zu seiner Frau. Er nahm sie in die Arme und sagte: «Aber gerade Pierre behauptet ja, daß sie nicht tot ist!»

So beschämt, wie er sich das nie hätte vorstellen können, gab der Oberst Belot ein Zeichen, diese Folter zu unterbrechen. Er sah, wie der sich dem Fenster zuwandte, eine Hand hinter die Gardine steckte und an die Scheibe klopfte. Keiner von den Redoux hatte die Bewegung bemerkt. Alle vier waren sie da, Adrienne in Fernands Armen, Pierre vor ihnen im Sessel, mit zurückgeworfenem Kopf, Georges immer noch unbeweglich, wie versteinert vor Schreck. Und die Sätze mischten sich, man hörte Adriennes Aufbegehren: «Sie ist nicht tot! Sie ist nicht tot!» Und Fernand: «Aber nein, beruhige dich, meine Liebe! Alles wird gut werden! Laß diesen Herrn reden! Pierre ist verrückt!»

«Papa hat recht, Mama, er hat recht», sagte Pierre.

Und plötzlich veränderte irgend etwas Unfaßbares die Atmosphäre. Irgend etwas war nicht mehr da. Der Oberst hatte ein Schwindelgefühl, obgleich vor seinem Auge nichts verschwand. Er glaubte sich für einen Augenblick im Hochgebirge, mit dem Blut in den Schläfen und dem Pochen im Ohr. Aber das Gegenteil war der Fall, es schien ihm, daß er auf einmal viel besser hörte, daß die Stimmen direkter zu ihm drangen, daß die Leere klingend geworden war. Adrienne breitete die Arme aus, stieß Fernand zurück. Sie schrie.

«Hört! Hört!»

Alle schwiegen. Es gab eine ganz ungewöhnliche Stille, eine gegenwärtige Stille, gegenwärtig wie ein Geist, der eingetreten ist, ohne daß einer ihn bemerkt hätte, und der nun sagte: Da bin ich.

Der Oberst schaute Belot an. Der hatte die Arme auf die Lehnen seines Sessels gelegt und betrachtete müde und traurig die Gruppe der Redoux.

«Was geht hier vor?» flüsterte Fernand.

«Jemand hat den Springbrunnen abgestellt», sagte der Oberst halblaut.

Da hob Adrienne ihre zitternden Hände an die Stirn. Sie nahm ihren Kopf, als ob sie ihn von den Schultern reißen wollte. Und sagte wie zu sich selbst, und sie hatte ihre klanglose Stimme wiedergefunden: «Aber seht ... Aber seht ... Wie kann sie tot sein, wenn sie doch am nächsten Morgen nicht mehr da war? Hat man sie ... weggebracht? Hat jemand sie weggebracht?»

Sie ließ ihren Blick auf jedem der Menschen ruhen, die sie umgaben, auf Pierre nicht länger als auf jedem andern. Ihre Brust hob sich in der Stille. Sie schien keinen zu erkennen, und keiner wagte sich zu bewegen.

«Natürlich», sagte sie endlich. Sie hielt den Atem an. «Natürlich, ich habe sie getötet.»

Sie drehte sich um sich selbst. Georges hätte sie auffangen können, aber er trat einen Schritt zurück. Redoux war es, der sich zu ihr stürzte, um sie an seinem Herzen aufzufangen. Er stöhnte: «Hilf mir, Sébastien ... Sie ist wahnsinnig geworden.»

Pierre, wieder kräftig genug, war aufgestanden. Aber Adrienne stieß sie beide zurück. Der Oberst, der in ihrer Nähe stand, sah Belot an seiner Seite. «Das ist Ihr Fehler», murmelte er mit einer Spur von Haß. «Nun hat sie vollkommen den Verstand verloren.»

«Ich glaube, das wird sich bald geben», sagte Belot.

Adrienne kämpfte lautlos gegen die Hilfe, die ihr Mann und ihr ältester Sohn ihr bieten wollten. Mit tränenüberströmtem Gesicht sagte Redoux immer wieder: «Du mußt dich hinlegen, mein Kleines. Du mußt dich hinlegen.»

Sie entglitt ihnen und fiel auf ihren Stuhl. Das Zittern war zurückgekehrt, aber nur in die Hände, und es schien auch weniger stark zu sein. Aber ein wahnsinniger Blick verriet die Bewegung, den Aufruhr, der sich in ihr abspielte.

Sie sagte: «Das wirst du nicht tun. Ich verbiete es dir, hörst du? Ich verbiete dir, das zu machen! Und wenn, dann habe ich noch Rechte über dich! Wir werden darüber mit deinem Vater sprechen, wir werden ihm alles sagen, *alles*, wir werden ihm das Leben zerstören, und dann? Ich lasse dich nicht mit *ihm* weggehn! Lüg nicht. Ich verbiete dir zu lügen. Du hast nicht das Recht, so etwas zu sagen! Eine so schmutzige, verderbte Person ins Kloster? Ha! ...»

Adrienne faßte sich plötzlich an die Wange, als ob sie eine Ohrfeige bekommen hätte. Georges sprang zu ihr hin und hielt ihr den Mund mit der Hand zu. Und dann, indem er die Versammlung mit schrecklicher Wut anblickte: «Wollt ihr sie nicht zum Schweigen bringen, oder?»

Und wie zum Schweigen bringen, dachte der Oberst, wenn die Wahrheit doch endlich da ist? Und die befahl ihm, sich nicht einzumischen, sondern zu warten. Belot war verrückt, wenn er behauptete, Adrienne sei nicht mehr verrückt! Aber die Verrückte war im Begriff, die Wahrheit zu sagen. Und eine Wahrheit, die noch schrecklicher war als alles, was er hatte fürchten können! Ein Bruchstück der Beichte kam ihm in den Sinn: ‹Wir haben uns gestritten wie die Lumpensammler ...›

Pierre schrie Belot an: «Verschwinden Sie!»

Redoux, bestürzt und mit gefalteten Händen, lief um Adrienne herum: «Beruhige dich um Himmels willen, beruhige dich!» Adrienne hatte sich von der Hand befreit, die ihr den Atem nahm.

Sie blickte Georges und Pierre an.

«Du wußtest es!» sagte sie. «Ihr wußtet, daß ich sie erwürgt habe! Daß ich sie erwürgen mußte! Pierre hat es genau gewußt, am selben Abend ...»

Sie schrien beide: «Nein!» Und Georges: «Nein, ich wußte es nicht! Und mir ist es gleich, hörst du? Mir ist das gleich, aber schweig! Sag den Rest nicht, Mama, sag ihn nicht!»

Pierre sah ihn stumpf an. Redoux, der noch immer um sie herumging, blieb vor Adrienne stehn. Auch er fing an zu zittern.

«Adrienne», murmelte er mit einer erschütternden Sanftheit, «im Namen meiner Liebe zu dir und zu all den unsern, ich frag dich nur dies eine: Ist es wahr, daß du sie getötet hast?»

Adrienne bewegte den Kopf wie ein Tier, das die Jäger gestellt haben. «Du kannst nicht verstehn», sagte sie. «Keiner kann verstehn.»

«Madame Redoux braucht Ruhe und Pflege», sagte Belot. «Es wird am besten sein, sie gleich hinauszubringen. Ich habe meinen Wagen da.»

Der Oberst fühlte, wie er erstarrte. Aber Belot fügte hinzu:

«Monsieur Redoux, wollen Sie uns begleiten? Es wäre wohl richtig, wenn Madame Redoux in eine Klinik ginge. Wir werden zusammen eine aussuchen.»

Tränen rannen über Fernands verzweifeltes Gesicht. Er sagte: «Erlauben Sie mir bitte, ihr Gepäck zu richten?»

Belot nickte zustimmend. Fernand ging hinaus. Plötzlich herrschte im Salon dieses schreckliche Nachlassen der Spannung, das einen neuen Tod umgibt, nachdem man über Stunden mit der Agonie gekämpft hat. Man sprach von Adrienne in der dritten Person. Pierre erklärte: «Ich hole ihren Mantel.» Georges war wieder in seine Ecke zurückgekehrt. Der Oberst vermied es, sich Belot zu nähern. Als Pierre wieder erschien, erhob Adrienne sich folgsam zum Ankleiden. Fernand kam sehr schnell mit einem Koffer und einer Decke zurück.

«Sie müssen mich entschuldigen», sagte er, «ich ... ich kann Sie nicht begleiten ... Sébastien, könntest du ...?»

«Nein!» stieß Pierre wütend hervor. «Der nicht! Ich. Und überhaupt werde ich Mama nicht verlassen.»

Ohne ihn wahrzunehmen, ging Adrienne an ihrem Mann vorbei. Er senkte die Stirn und machte gar keine Bewegung. Belot ging voraus, Pierre hielt sie am Arm.

«Du kannst dich aufstützen», sagte er, «ich bin nicht betrunken.»

Hinten im Zimmer biß sich Georges auf die Fäuste. Die Zwangsvorstellung eines neuen Todes ließ vom Oberst nicht ab. Die Auferstehung des Leibes, dachte er. Durchs Fenster sah er die drei am Springbrunnen vorbeigehen – dieser kleine Eisenmund da, so unnütz in seinem Becken.

Fernand rief: «Sébastien.»

Und sein unglücklicher Freund war wirklich dageblieben. Er antwortete: «Ja, Fernand.»

«Sébastien, du glaubst, daß das alles wahr ist, nicht wahr?»

Die Frage war mit kaum bewegter Stimme gestellt. Und der Blick war so gerade, daß Lügen unmöglich war. Man hörte, daß das Auto abfuhr.

«Ja, Fernand. Dahinter ist aber trotzdem noch ein Geheimnis.»

Georges aus seiner Ecke erwiderte leidenschaftlich: «Sprechen Sie nicht von Geheimnis! Es gibt keins.»

«Ja, ich denke, daß es keins mehr gibt», sagte Redoux. Er sprach wie einer, der alle finsteren Ecken erhellen und nichts dabei auslassen will. «Dieser Freund, dieser Monsieur Belot, der war ein Polizist, nicht wahr? Bereue das nicht, Sébastien. Es gibt Gesetze, wir müssen sie respektieren ...»

Dann sagte er noch: «Wo ist Marie-Thérèse?»

Der Oberst ergriff seine Hände: «Fernand, sie ist begraben ...» Er konnte nicht fortfahren.

«Ah, sehr gut», sagte Redoux. «Das konnte ich nicht wissen, nicht wahr?» Sein Gesicht war ungewöhnlich angespannt. «Danke. Ich will mich jetzt etwas ausruhen. Geh nicht gleich weg, ja? In einem kleinen Weilchen brauche ich euch beide. Mein kleiner Georges genügt nicht.»

Er ging wieder. Georges kam auf den Oberst zu.

«Das alles ist unmöglich», sagte er.

Der Oberst wandte sich ihm zu und murmelte: «Und dabei bin ich's, der das Gefühl hat, ein Verbrechen begangen zu haben.»

Georges warf sich weinend an seine Schulter: «O Herr Oberst, das ist nicht möglich, das ist nicht möglich ...»

Er entfernte sich, ging hin und her, dann: «Wo ist sie begraben? Wer hat sie begraben?»

«Pierre. Hinten im Garten. Er ist abends in ihr Zimmer gegangen und hat sie tot aufgefunden. Er hat an Selbstmord gedacht. Er wollte, daß alle glaubten, sie sei weggegangen, und niemand zu sehr leiden müsse.»

Georges sah ihn bestürzt an: «Pierre?»

Eine Detonation ließ sie beide gleichzeitig den Kopf heben.

Georges heulte: «Papa!»

Sie stürzten sich zusammen auf die Treppe und stürmten in den ersten Stock. Vor dem lackierten Frisiertisch Adriennes hatte Redoux seinem Alptraum ein Ende gemacht.

14

Der alte Krieger und der junge Student hatten alle beide zuviel Erfahrung mit dem Tod, um bei diesem noch einen Zweifel zu haben. Sie hoben den Leichnam auf und legten ihn aufs Bett. Der Oberst schloß ihm die Augen. Bei jeder Bewegung fühlte er, wie er immer tiefer in eine unbekannte Verzweiflung eintauchte, noch beladen mit gut bekannten Gewissensbissen. Georges murmelte beinahe unbewußt und mechanisch: «Papa! Papa!» Ein stumpfes, zerstörtes Kind. ‹Glauben Sie, daß die das lange aushalten?› Wer hatte das gesagt? fragte sich der Oberst, ganz überrascht, als ob ihm der Satz gerade eben zu Ohren gekommen wäre. Der Pfarrer oder Doktor Couard? Beide mußten übrigens gerufen werden! Und mit ihnen würde das ganze Dorf hier eindringen ... Unmöglich, dem zu entkommen, wenn man versuchen wollte, trotz des Selbstmords eine Messe zu bekommen – die gleiche Messe wie für Marie-Thérèse. Denn die Exhumierung mußte ja auch noch stattfinden.

«Laß uns beten, mein kleiner Georges», sagte er.

Georges antwortete: «Ich kann nicht.»

Plötzlich hatte er sein aufbegehrendes Verhalten wiedergefunden. Beim Wesen der Cordon-Riquiers mußte man entschieden auf alles gefaßt sein, wenn schon Fernand selber ...! Was konnte noch passieren?

Georges hatte eine Pfeife aus einer seiner Taschen gezogen. Er blickte sie an und sagte: «Ich möchte, daß Sie mich allein lassen, Herr Oberst. Ich möchte mit meinem Vater allein sein. Das ist kein Vorwand. Sie können den Revolver mitnehmen, ich geb Ihnen mein Wort, daß ich mich nicht umbringe. Warum sollte ich das übrigens auch. Ich verspreche Ihnen, daß ich nachher wieder zu Ihnen komme. Oder ich werde gehn ...»

«Nein, Georges», flehte ihn der Oberst an, «du wirst zu mir kommen!»

«Aber beunruhigen Sie sich nicht, es wird vielleicht sehr spät werden. Von jetzt an will ich wirklich allein bleiben. Ich weiß nicht, was Germaine macht. Ist sie vielleicht ausgegangen, oder ist sie völlig verstört? Wenn sie noch im Haus ist, dann nehmen Sie sie mit, ja? Und sagen Sie niemandem etwas, dazu ist immer noch Zeit. Ich will nicht, daß jemand kommt. Ich will allein bleiben, ganz allein.»

«Gut», sagte der Oberst.

Er beugte sich über Redoux. ‹Im Haus gab es nur diese eine Leiche›, hatte Pierre am Abend gesagt. Und das sagte er mit Bezug auf das Geheimnis von Georges, der es immer noch nicht preisgegeben hatte. Das Geheimnis von Georges? ‹Sag den Rest nicht, Mama, sag den Rest nicht!› Wollte Georges mit dem «Rest» allein sein? Du bist gegangen, ohne es noch erfahren zu wollen, dachte der Oberst, während er den blutenden Kopf seines alten Freundes betrachtete. Warum sollte ich mehr davon wissen wollen als du? Er blickte zu dem silbernen Kruzifix auf, das an der Wand hing, nahm es ab und legte es dem Toten in die Hände. Das soll der Pfarrer wegnehmen, wenn er es wagt, dachte er mit einem vorweggenommenen Zorn. Im Gehen nahm er den Revolver an sich.

Er suchte Germaine überall. Schließlich fand er sie in seiner eignen Küche, zwischen Zodium und Antoinette. Sie erhob sich verwirrt, errötete, war im Begriff, in Tränen auszubrechen. Antoinette begann sie zu verteidigen, noch ehe er den Mund aufgemacht hatte.

«Man darf nicht böse sein, Herr Oberst. Sie ist sehr zart, dies kleine Ding. Sie hat sie alle so schreien hören bei ihrer Herrschaft, da hat sie es mit der Angst zu tun bekommen und hat sich zu uns geflüchtet.»

«Gut», sagte der Oberst. «Du wirst direkt zu deiner Mutter heimgehen, meine kleine Germaine. Und dort wirst du warten, bis man dich wieder in die Villa ruft.»

«O ja, M'sieur», sagte Germaine. «Auf Wiedersehn, Toinette, danke! Auf Wiedersehn, Herr Oberst!»

Sie flog buchstäblich davon.

«Es geht wohl nicht gut?» fragte Antoinette. «Das ist sehr merkwürdig, nicht? Seit sie den Springbrunnen abgestellt haben. Wie müde Sie aussehen.»

Der Oberst antwortete: «Es geht sehr schlecht, Antoinette. Wir werden später noch darüber sprechen. Bis dahin, Mund halten! Ich zähle auf dich! Bestehst du darauf, daß ich esse?»

«Es wär mir schon recht», sagte sie. «Alles ist seit langem warm gehalten.»

Sie trug ihm schweigend auf und trug kommentarlos die fast unberührten Platten wieder ab. Als sie zum Heimgehn fertig war, fragte sie mit bescheiden gesenkten Augen: «Man braucht mich nicht irgendwo?»

«Nein, Antoinette.»

«Dann gute Nacht, Herr Oberst, bis morgen.» Leise fügte sie hinzu: «Vernachlässigen Sie Ihre Erinnerungen nicht zu sehr.»

Seine Erinnerungen! Seit gestern abend verfertigten die unglaublichsten sich von selber. Aber seine geistige Anspannung, seine andauernde Angst verboten ihm jeden positiven Gedanken. Er fühlte sich wie ein Pferd nach einem ersten Sturmregen, wenn der noch kaum befreite Himmel seine Drohungen wieder versammelt und von ferne donnert. Er versuchte, sich Marie-Thérèse, Fernand, Adrienne vorzustellen, vor allem Adrienne. War jetzt nicht die Zeit gekommen, das alles zu verstehen, einen Sinn darin zu suchen? Er mußte immer wieder an Georges denken.

Er ging in den Garten hinaus. Zodium wollte gern mit ihm spielen: er rannte, biß, bellte. Er ging so wenig darauf ein, daß der Köter wieder ins Haus lief. Die Nacht war da, ziemlich kühl und ohne Mond. Jemand bewegte sich im Garten der Redoux. Jemand: das konnte nur Georges sein. Der Oberst empfand einen sonderbaren Wunsch: Wenn er doch den Springbrunnen wieder anstellte! Aber wer sich da bewegte, bewegte sich zwischen dem hinteren Teil des Gartens und dem Haus. Jetzt hatte der Oberst eine Vermutung, die fast noch seltsamer war als sein Wunsch: Georges wollte seine Schwester ausgraben. Das Garagentor quietschte. Nein, er wollte einfach wegfahren. Das Auto nehmen und gehn. Wohin? Er wird nicht wegfahren, ehe ich ihm nicht wenigstens das gegeben habe, was er braucht. Also gehe ich hin. Und dann werde ich bei Fernand wachen.

Mit schnellen Schritten kehrte er zu seinen Nachbarn zurück. Was für ein überholter Plural, dachte er. Aber anstatt zur Terrasse hinaufzugehn, ging er am Haus entlang zur Garage. Er sah hinten zwischen den Bäumen ihre schwarzen Umrisse, schwärzer als die Nacht. Das Tor war offen. Aber nichts rührte sich. Der Oberst blieb im Schatten des Hauses. Auf der andern Seite war der Dienstboteneingang offen, aus dem Dunkel wie von einem fernen Licht ausgeschnitten. Er trat ein, ging den Flur entlang. Ein scharfer Benzingeruch drang in seine Nase. Im Salon leerte Georges beim Licht einer Fackel den Inhalt eines Kanisters auf einen Sessel. Andere Kanister, die auf dem Boden lagen, flossen dort langsam aus. Andere, noch voll, warteten.

«Georges!» schrie der Oberst. «Bist du wahnsinnig?»

Der Junge drehte sich heftig um. Er schrie wütend: «Ich hab Ihnen gesagt, Sie sollen auf mich warten! Sie werden mich nicht hindern, hier weiterzumachen, verstehen Sie?»

Ich sollte mich auf ihn werfen, dachte der Oberst. Ich muß mich auf ihn werfen. Aber er blieb unbeweglich stehen, als ob ihn alle seine Kräfte für immer verlassen hätten. Da war dasselbe Gefühl unbedingter Trägheit, das er vor zwei Stunden in demselben Zimmer empfunden hatte. Mit dem Kanister in der Hand rief Georges nach ihm. Wie sehr er sich von Fernand unterschied! Mager, knöchern, eigensinnig! Nein, mit einem solchen Kopf brachte man sich nicht um, da waren große Dinge zu tun.

«Mein Bruder hat den Körper meiner Schwester vergraben. Hab ich nicht das Recht, den meines Vaters zu verbrennen? Muß das alles hier nicht gereinigt werden? Ich sollte auch das Haus nebenan, das Liebeshaus, anzünden!»

Er lachte höhnisch, seine Züge zeigten eine unendliche Verzweiflung. Er nahm seine Arbeit wieder auf. Der Oberst rührte sich nicht mehr. Nun war es nicht mehr der Springbrunnen, der die Worte und das Schweigen begleitete, sondern das lächerliche Gluckern der Kanister. Georges ging von einem Kissen zu einem Hocker, von einem Tischchen zur Chaiselongue. Dabei sagte er: «Den zweiten Stock hab ich schon gegossen. Hier die Beichten. Da oben das Verbrechen. Und das Geheimnis. Zwischen beiden mein Vater. Mein Vater, betrogen, verraten. Mein Vater, der guten Grund zum Sterben hatte. Sie wissen nicht. Sie können nicht wissen, was ich empfunden habe, als ich die beiden hörte. Ich war in meinem Zimmer, sie begannen zu schreien, ich bin in Pierres Zimmer gegangen. Noch nie hatte ich Mama und Marie-Thérèse streiten hören!»

Er schleuderte den leeren Kanister durchs Zimmer und kam heran, um da, wo der Oberst stand, einen vollen zu holen. Der Oberst rührte sich nicht. Der Geruch drang in die Augen, in die Stirn und die Schläfen. Georges' Stimme floß jetzt dahin wie ein Murmeln.

«‹Vor einem Monat habe ich gebrochen, weil ich es seit einem Monat weiß›, sagte Marie-Thérèse. ‹Und vor einem Monat hab ich beschlossen, ins Kloster zu gehn, und nichts wird meine Entscheidung ändern, morgen werde ich dort sein, der Brief ist fertig, er liegt da auf meinem Tisch! Du hast heute einen anonymen Brief bekommen? Meinen hab ich vor einem Monat bekommen! Geh, wir haben uns nichts zu sagen! Geh raus!› Und Mama hat geantwortet: ‹Wie redest du mit deiner Mutter!› Und Marie-Thérèse hat geantwortet –» Georges' Stimme schwoll plötzlich an – «ach, nie werde ich diesen Ton vergessen, diesen schrecklichen, fürchterlichen Ton: ‹Meine Mutter ...!› Und ich werd alles verbrennen! Und es soll eine große Flamme geben, die diese verfluchte Ecke der Welt reinigen wird! Und Mama soll schweigen, sie soll schweigen! Als ich diese schrecklichen Dinge gehört habe ... und dann, Marie-

Thérèse war frei! Sie hatte das Recht zu tun, was sie wollte! Aber Mama, meine Mama ... ich bin weggegangen, bin für immer gegangen. Und Sie mußten mich wieder hierher zurückbringen!» Er fuhr in seiner Arbeit fort, ohne den Oberst auch nur einmal anzuschauen, und der Oberst rührte sich nicht. «Sie hatten recht. Das mußte ein Ende haben. Heut abend wird alles enden. Und *die* werden das Haus nicht bekommen! Keinen Misthaufen werden sie bekommen! Saubere Ruinen werden sie haben! Ich will nicht, daß man löschen kann, ehe nicht alles sauber ist!»

Der Oberst beugte sich hinab, nahm einen Kanister, entfernte den Deckel und stellte ihn neben sich. Georges sah kurz hin und sagte einfach: «Zu zweit geht es schneller. In der Garage ist ein Faß mit fünfzig Litern, ich konnte es nicht allein herbringen.»

Der Oberst antwortete nichts. In seinem Auge leuchtete eine Flamme wie der erste Widerschein des Brandes, der gleich ausbrechen würde.

«Man hätte das Feuer im Schloß legen müssen», sagte er endlich.

«Den Mann, dessen Namen ich nicht aussprechen kann, den hätte man niedermachen müssen», sagte Georges. «Ich hab daran gedacht. Aber es lag zuviel Schande auf uns! Und es war ja nicht so, daß er Kinder davon abhielt, ihre Pflicht zu tun! Und ich hab ihn damals bewundert!» Tränen begannen sein Reden jämmerlich zu skandieren. «Ich sah ihn in Uniform am Haus vorbeikommen, ich lief ans Gartentor, um ihn besser sehen zu können, ich fand ihn wunderbar! Und er kam direkt nach nebenan, was konnte ich mit meinen zehn Jahren ahnen? Ich nannte ihn ‹den Helden›. Papa sagte: ‹Schenk diesem Herrn keine Beachtung, wir leben mit seiner Familie in Streit ...› Damals machte Marie-Thérèse sich über seinen Gang und sein eroberndes Gehabe lustig. Und nun, nein, ich kann mir noch so oft sagen, daß er an allem schuld ist, aber richtig scheint mir das nicht. Ich kann nicht bei ihm stehenbleiben. Ich war zehn, als ich ans Gitter lief, um ihn vorbeigehen zu sehn. Ich wußte nicht den Unterschied zwischen einem Jungen wie Pierre, der an der Front war, einem Landsturmmann wie Papa, Ihnen ... und einem Drückeberger wie ihm. Mit zehn Jahren hat man das Recht, sich blenden zu lassen! Aber ... sie?»

Er schwieg.

Der Oberst murmelte zwischen den Zähnen: «Die Liebe ...»

Georges zitterte. Und sagte mit kaum hörbarer Stimme:

«Das ist es, was sie Marie-Thérèse erzählt hat. Und das ist das Schrecklichste an dem ganzen.»

Der Oberst sah den Kanister, den er ausgegossen hatte.

«Georges», sagte er in seinem Befehlston, «du willst gehen, nicht wahr, und weit weg. Ich werde dir das erleichtern. Inzwischen, sobald du heut abend fertig bist, geh aus Marlieux weg. Übernachte in Paris, aber nicht in deinem Zimmer. Nimm ein Zimmer im Hotel Dubost, dort bin ich bei meiner Rückkehr abgestiegen. Sag, daß ich dich geschickt habe, dann wirst du gut aufgenommen. Warte dort morgen früh auf mich. Ich werde zu dir kommen. Alles wird vorbereitet und fertig sein.»

«Danke», sagte Georges.

In der Garage fand der Oberst im Schein seiner Taschenlampe das Faß mit den fünfzig Litern. Ohne große Mühe hob er es hoch und setzte es im Hauseingang ab. Dann ging er in sein Haus zurück.

Er ging hinauf und tauschte seine Jacke mit seinem Morgenmantel, ging dann ins Badezimmer, wusch sich lange die Hände und ließ kaltes Wasser über sein Gesicht laufen. Wo soll ich nun bleiben, fragte er sich. Hier? Dies war der einzige Raum im ersten Stock, der zur Villa Redoux hinüberblickte. Er löschte das Licht, öffnete die Läden, die Antoinette geschlossen hatte, zog sich einen Schemel ans Fenster und setzte sich. Alles war ganz und gar dunkel: draußen, im Raum, im Hirn. Alles hatte seine Erklärung gefunden, und doch blieb alles dunkel, dunkel wie die Vorhänge, die die Häuser der Toten entwürdigen. Die Hölle ist leer, dachte er, aber sie hat Niederlassungen auf der Erde, in denen man sich vernichtet. In Wahrheit war nichts in ihm als ein ungeheures Erstaunen. So also konnte eine Frau sein! Warum hatte er während des Geständnisses nicht geahnt, daß das Aufbegehren und die Verachtung Adriennes gegenüber Xavier Tronchet nicht nur die Gefühle einer Mutter, sondern die einer Geliebten sein konnten? Oder genauer, die einer Mutter, die einmal eine Geliebte gewesen war und die heute den Verrat, unter dem sie selber gelitten hatte, ihrer eignen Tochter drohen sah! Oder noch genauer, eine Mischung aus allem, dem Besten und dem Schlechtesten, mütterlicher Liebe und niedrigster Eifersucht, Liebe, Reue, Begierde, Haß ... Warum habe ich das an diesem Tag nicht begriffen, fragte sich der Oberst. War das Dummheit oder Hochmut? Ich hatte mir von Adrienne ein bestimmtes, in den Rahmen passendes Bild gemacht, und ich habe sie gezwungen, dem zu gleichen. Ich hab die Vernehmung wie ein stumpfsinniger Richter geführt, der sich an Prinzipien und Gesetze hält. Ich hätte niemals, wie ich das getan habe, mit dem Brief von Marie-Thérèse spielen dürfen! Und wer weiß, ob mir Adrienne nicht selbst hundert Winke gegeben hat? Es hätte vielleicht genügt, wenn ich sie mit einem bestimmten Ton in der Stimme gefragt hätte: ‹Woher kennen Sie ihn eigentlich so gut, diesen Burschen?› Aber ich, ich glaubte an die Familienmutter, weil meine eine Heilige war.»

Jetzt hätte er seinen ganzen Ruhm dafür hergegeben, ein Stenogramm ihrer Unterhaltung in den Händen zu haben. Es würde ihm nichts nützen, aber da nichts mehr nützte, mußte man ein bißchen Ordnung in die Sache zu bringen versuchen, wenn man nicht überschnappen wollte wie Fernand. Dem Oberst gelang es nur, einen Punkt aufzuklären, der keinerlei Bedeutung hatte. Adrienne hatte allen erzählt, daß sie sich am Abend mit ihrer Tochter gestritten hatte und daß sie am Tag dann – ja, am Tag ihres Verbrechens, wie man sagen mußte – den Brief auf dem Eßzimmertisch gefunden hatte. Nach dem Zeugnis von Georges und nach seinen Worten vorhin war es so, daß die beiden sich am Tag selber gestritten und Marie-Thérèse den Brief in ihrem Zimmer geschrieben hatte. Für diese Lüge war Madame Couard verantwortlich. Sie klingelt in dem Augenblick, als der Streit sich zuspitzt und in Verwirrung und Wahnsinn mündet. Adrienne nimmt den Brief und geht hinunter. Sie glaubt – und man muß wohl sagen: sie glaubt, denn am nächsten Morgen, angesichts des leeren Betts, wird sie das nicht mehr glauben! –, sie glaubt ihre Tochter getötet zu haben. Also erfindet sie etwas. Sicherlich, das war ohne alle Bedeutung. Vor allem wichtig war die Bewunderung, die Adrienne allen ihren Leuten abnötigte. Wenn ich daran denke, daß ich sie matt fand, ohne Ausstrahlung, ohne Charme! Fernand ist für sie gestorben. Pierre ist mit ihr weggegangen. Und Georges, der weiche Georges, der glaubt, er verachte, er hasse sie, der liebt sie mehr als alle andern! Diese elende Familie, dieser vom Unglück ausgehöhlte Bau hielt noch durch Liebe zusammen! Ich mußte es anfassen, damit es zusammenstürzte. War ich also der beste Komplize der Tronchets?

Der Oberst hatte das Gefühl, sein Herz müsse sofort stillstehn und es verdiene nicht mehr zu schlagen. Es stand nicht still, und Stimmen erhoben sich in der Nacht. ‹Sie hatten recht, das mußte ein Ende haben›, sagte die von Georges. ‹Bereue nichts, Sébastien›, sagte die von Redoux. ‹Alles ist besser als dies Schweigen›, sagte die von Adrienne. Und was hätte ich anderes tun können, murmelte der Oberst. Aber genau das hatte auch schon Adrienne gesagt: ‹Was sollte ich tun? Was sollte ich tun?› Er erinnerte sich nicht mehr, warum sie es gesagt hatte, sicherlich, um ihr Verbrechen zu rechtfertigen. Er jedenfalls sagte es sich jetzt, um die Gerechtigkeit zu rechtfertigen. Aber sie haben keine Gerechtigkeit von mir gefordert! Sie wollten nur Kraft zum Leben, und die habe ich ihnen genommen. Mit Ausnahme von Georges. Der Oberst konnte nicht lange eine Angst dulden, die zu nichts führte. Er wurde ungeduldig, keine Flamme aus dem Haus kommen zu sehn; er brauchte den Brand, um Georges retten zu können. Was Pierre und Adrienne anlangte ... Er würde diesen überhellsichtigen Polizisten treffen müssen, der die Wahrheit aus Springbrunnen holt, und ihn nach seinen Absichten fragen, dachte der Oberst voll Ironie und Rachegefühl. Und Pierre? Seine Stimme hatte sich nicht mit den andern gemeldet. Wenn man ihn von seiner Mutter entfernt, wird er sein Heil im Suff, bei den Weibern und in der Gottlosigkeit suchen; aber er wird nie irgendeine Hilfe annehmen, er wird mir nicht verzeihen. Alle haben sich dreingeschickt, alle haben getan, was sie konnten, sogar Adrienne, als sie ihre Tochter tötete, sogar ich! Alle, wir alle sind in die Ereignisse hineingeraten wie Blinde in den Weltraum. Bis auf ihn. Er hat gewollt, was er getan hat. Ich verachte ihn, aber er ist jemand. Der Oberst faltete die Hände und schloß die Augen über der Nacht in seinem Innern. Mit wem warst du, mein Gott? Mit mir oder mit ihm? Er antwortete sich: mit mir, ohne Zweifel. Gott kann den gefälligen Nebel nicht schätzen, in den sich das Werk des Bösen hüllt! Ein Notverband über einer entzündeten Wunde, die niemand mehr berühren will, um dem Kranken Leid zu ersparen, ist eine teuflische Aufmerksamkeit! Ich werde weggehn, ich werde mich von den Menschen entfernen, aber ich habe nicht falsch gegen sie gehandelt, nein, ich habe nicht falsch gehandelt!

Der Oberst hob den Kopf. Vor ihm, zwischen den Blättern und Zweigen, zeigte sich an einem Fenster in Höhe der zweiten Etage ein kleiner, beweglicher Schein.

15

Ein Jagdhüter des Barons Tronchet schlug im Dorf Alarm. Der Dachstuhl stand schon in Flammen. Man holte die Spritze aus dem Schloß, ganz Marlieux lief zusammen und bildete eine Kette, in der auch, zur Bewunderung seiner Mitbürger, der Oberst stand. Aber das Feuer verschlang das Haus mit dem Lärm einer Lawine und hielt die bestürzte Menge in einer solchen Entfernung, daß sie ohnmächtig zuschauen mußte. Die Feuerwehr aus Paris mußte gerufen werden. Sie hatte vor allem damit zu tun, den Wald und die Nachbarhäuser zu schützen, das des Oberst und das Liebeshaus. Tragische Gerüchte gingen von Mund zu Mund. Keiner der Redoux habe entkommen können, sie seien alle lebendig verbrannt. Im Dunkeln hatte man Schatten weglaufen sehn: Brandstifter, Mörder. Mammès sagte zum Jagdhüter: «Bist du sicher, daß das keine Leute von euch waren?» Ohne das massive Eingreifen des Tabakhändlers hätten sie sich geschlagen. Irgend jemand, vielleicht Dr. Couard, vertraute seiner Umgebung an: «Es scheint, daß der Jagdhüter das Feuer gelegt hat.» Axtschläge hallten in der flammenden Nacht und fällten die zu nahen Bäume.

Der Brand dauerte bis zur Morgendämmerung. Zwischen den geschwärzten, sinnlosen Mauern war nichts mehr, nur Rauch über Trümmern. Die Garage und das Auto waren wie das Haus verbrannt. Nur die Nachbarhäuser und der Wald waren gerettet worden. Die roten Feuerwehrautos fuhren ab und ließen drei Feuerwehrleute zurück. Auch die meisten Leute aus dem Dorf verliefen sich. Nur die Gendarmerie, der Pfarrer, einige Gassenjungen und fünf oder sechs Liebhaber starker Gefühle, die noch nicht alles zu diesem Vorfall gesagt hatten, verschafften dem Unglück noch für ein Weilchen den Anschein des Aktuellen.

Der Oberst, der Antoinettes Dienste zu so früher Stunde abgelehnt hatte, kehrte nach Haus zurück. Er machte mit äußerster Sorgfalt Toilette, schrieb drei Briefe, stopfte seine Brieftasche mit Geldscheinen voll, ging zum Bahnhof und nahm den ersten Zug nach Paris. Er war viel zu früh auf der Präfektur, um Picard anzutreffen. Er wartete auf ihn. Er konnte warten, wenn der Krieg es verlangte.

Picard empfing ihn mit gleichzeitig ehrfurchtsvoller und mitfühlender Miene.

«Sie müssen sehr bekümmert sein über die Wendung, die die Dinge gestern abend genommen haben, Herr Oberst ...»

«Sie sagen es!» erwiderte er mit einer Heftigkeit, die keinen Zweifel an seinem geistigen Zustand ließ. «Es ist schlimm, daß die Polizei diese ... besonderen Maßnahmen ergriff!»

Picard atmete tief, beugte sich über das Tintenfaß, öffnete es, schloß es wieder und antwortete nichts.

«Aber ich bin nicht hergekommen, um über Ihr Vorgehen und meine Einfalt zu richten», fuhr der Oberst fort. «Es hat sich in dieser Nacht in Marlieux etwas Neues ereignet.»

«Das Haus der Redoux ist abgebrannt», sagte Picard.

Der Oberst runzelte die Stirn.

«Mein Kompliment! Nun, Monsieur Picard, ich komme, um Ihnen den Schuldigen zu liefern. Ich bin es.»

Picard fuhr auf. Der Oberst lächelte herablassend.

«Ich, Sébastien-Louis-Marie Moine, Oberst im Ruhestand, habe in der Nacht vom 16. auf den 17. September Feuer an das Haus meines Freundes Redoux gelegt, aus Gründen, die nur mich etwas angehen und über die ich nur meinem Gewissen und Gott Rechenschaft schuldig bin. Und da ich die Justiz meines Landes respektiere – und ich sage weder: seine Polizei, noch: seine Regierung! –, stelle ich mich ihr in Gestalt eines ihrer Ausführungsbeamten. Das sind Sie.»

Picard warf einen ängstlichen Blick auf den glücklicherweise leeren Stuhl seines Sekretärs. Dann schaute er den Oberst mit komischem Entsetzen prüfend an.

«Kommen Sie, kommen Sie, Herr Oberst, das ist Wahnsinn!»

«Die Richter werden Psychiater zu meiner Untersuchung heranziehen. Ich bin bereit.»

Picard antwortete hastig: «Aber ich sage nicht, daß es Wahnsinn war, das Haus anzuzünden! Es ist Wahnsinn, daß Sie sich anzeigen, Herr Oberst!» Der Oberst öffnete den Mund. «Sie bringen mich in eine unmögliche Situation! Wollen Sie, daß ich einen unserer Helden, unserer ruhmreichsten Männer festnehme? Man wird mir nicht glauben, man wird mich verabschieden, man wird meine Karriere zerstören! Ich habe eine Frau und eine kleine Tochter, Herr Oberst, ich habe zwanzig Jahre Arbeit hinter mir, und Sie wollen alles mit einem Schlag zerstören?»

«Aber», erklärte der Oberst hochmütig, «bin ich nun ein Brandstifter oder nicht?»

«Ich will es nicht wissen!» schrie der Chef der Sonderkommission und warf die Arme gegen die Decke. «Ein Brand entsteht so leicht! Eine Zigarette, ein Topf Bohnerwachs, eine Lupe, eine einfache Lupe auf einer Zeitung! Sie müssen schon ganz hervorragende Gründe haben, Herr Oberst! Das kann bei Ihnen keine Sache der Polizei, sondern nur eine der Versicherung sein! Sie sollten sich mit dem armen Monsieur Redoux verständigen ...»

Der Oberst sah eine von Flammen umgebene Leiche vor sich. Wenigstens etwas, das sie nicht wissen, sagte er sich. Redet dieser Bulle vielleicht nur über Fernand, um auf diesem Weg etwas zu erfahren?

«Eine Lupe auf einer Zeitung in der Nacht», sagte er und stand auf, «daran werde ich das nächste Mal denken. Für heute, da Sie mich offensichtlich nicht in Ihrem Gefängnis haben möchten, bestehe ich nicht darauf, Monsieur, ich ziehe mich zurück. Aber, was immer meine Gründe gewesen sein mögen, vergessen Sie nicht, daß ich gestanden habe.»

Er grüßte kurz und ging.

Auf seinem Hotelbett, hemdsärmelig, mit offnem Kragen, schlief Georges, schlief, wie man schläft, wenn man einen Tag im Zuchthaus verbracht hat. Der Oberst erkannte seinen Körper im Halbschatten, schloß die Tür geräuschlos und nahm sich einen Stuhl. Es war sein eignes Zimmer, das man dem Jungen gegeben hatte, das bequemste und größte. Hier war er vor zehn Tagen gelandet. Ein Hotelzimmer bewahrt niemals irgendwelche Spuren auf. In einigen Stunden würde Georges ebenso weggehen, wie er weggegangen war. Ein zukünftiges Phantom schlief da, bewacht von einem alten Phantom.

Nach einiger Zeit näherte sich der Oberst dem Bett. Er rief ihn zuerst ganz leise, dann immer lauter. Er mußte diese in den Traum eingetauchte Masse schütteln. Der Junge richtete sich mit einem Schlag auf, voller Angst, ballte die Fäuste, rieb sich die Stirn damit, erkannte seinen Besucher und sank zitternd aufs Kissen zurück. Der Oberst lächelte ihn an.

«Alles ist nach meinem Plan gelaufen», sagte er ohne Einleitung. «Ich komme von der Polizei, wo ich mich als Brandstifter angezeigt habe.» Georges machte eine Geste. «Oh, ich weiß, daß ich nichts riskiere, die sind zu lasch! Den Oberst Moine ins Gefängnis werfen! Man will ihm zwar ans Leder wegen Sachen, die er sich geleistet haben soll, aber du glaubst doch selber nicht, daß man ihn wegen einer Straftat verfolgen wird, für die er wirklich verantwortlich ist! Sie würden riskieren, daß mein Skandal den ihren ans Licht bringt!» Der Oberst blähte die Lungen. Er hatte noch nie so machtvoll, so zum Fürchten ausgesehen. «Ich habe sie wie Rekruten beherrscht. Ab jetzt kannst du hingehn, wohin du willst, es gibt keine Gefahr mehr.»

Georges war überwältigt. Er flüsterte: «Sie sind gut.» Zwei Tränen rannen aus seinen geschlossenen Augen. Dann fragte er mit zitternder Stimme: «Und das Haus? ... Papa?»

Der Oberst nahm seine Hand. «Alles ist nach deinem Plan gegangen, wie du wolltest. Alles ist sauber.»

Georges fragte noch: «Und von ... Sie haben keine Nachrichten?»

Der Oberst antwortete mit der nötigen Kürze.

«Nein.»

«Ich werde gehen, wohin Sie wollen», murmelte Georges. «Wohin Sie wollen.»

Der Oberst öffnete das Fenster und stieß die Läden auf. Das Licht und die Geräusche von Paris überfluteten das Zimmer.

«Wir bestellen zweimal Frühstück», sagte er, «und machen uns an die Arbeit.»

Georges nahm den Mittagszug nach Marseille. Zusammen hatten sie sich in die rue Monsieur-le-Prince begeben und dort einen Koffer gepackt. Die alte kleine Dame hatte den Auftrag erhalten, das Übrige an eine Adresse zu schicken, die ihr der Oberst noch mitteilen wollte. Zusammen mit den drei Empfehlungsschreiben wechselten alle Geldscheine von einer Brieftasche in die andere. «Du wirst das Schiff nehmen, das mich herbrachte», hatte der Oberst gesagt. «Und du wirst da unten wie mein Sohn empfangen werden! Du wirst in die Armee eintreten und deinen Militärdienst ableisten. Die Medizin kannst du hinterher wieder aufnehmen, wenn du willst. Oder du bleibst in den Kolonien: man braucht dort unbeugsame Männer. Und dann ... das ist ein schöner Beruf, die Armee, weißt du ...» Auf dem Bahnsteig, zwei Minuten vor der Abfahrt, hatte Georges, der den ganzen Morgen über keine zehn Worte gesprochen hatte, gesagt: «Schreiben Sie mir? Werden wir uns wiedersehn?» Er hatte geantwortet: «Natürlich!» und ihn in die Arme geschlossen.

Der Oberst ließ das Mittagessen aus, er hatte es eilig, nach Marlieux zurückzukommen. Sein Herz war ihm schwer, seine Glieder waren matt. Das sind die Folgen einer durchwachten Nacht, sagte er sich, ohne auch nur einen Augenblick lang an diese Hausmeisterweisheit zu glauben.

Der scharfe Geruch des Rauchs hing noch um sein Haus. Es waren nicht mehr viele Leute auf der Straße. Ein Gendarm hielt Wache vor dem Gartentor, das heilgeblieben war. Der Oberst wandte den Blick ab. Ich habe das Äußerste riskiert, um Marie-Thérèse eine anständige Beerdigung zu ermöglichen. Mit dem Ergebnis, daß der ganze Garten verbrannt, verwüstet, zertreten, zerstört ist. Ob der blaue Flieder noch steht? Und Fernand! Die Sonne schien herrlich.

Antoinette saß mit roten Augen in der Küche, Zodium zitternd auf ihren Knien.

«Er zittert die ganze Zeit über so, das kleine Tierchen! Er hat bestimmt Angst vor dem Feuer! Haben Sie irgendwo gegessen, Herr Oberst? Es ist ein Herr da, der schon eine Weile auf Sie wartet. Ich hab ihm gesagt, daß Sie niemanden unangemeldet empfangen. Er sei angemeldet, hat er mir geantwortet. Ein sehr anständiger Herr.»

«Angemeldet?» wiederholte der Oberst mürrisch.

Er ging in den Salon, in den er seit dem ersten Tag keinen Fuß mehr gesetzt hatte. Die Läden waren geschlossen. Auf einem der Sessel, die immer noch mit weißen Überzügen bedeckt waren, nahm er einen Mann in Schwarz wahr. Es war Belot. Belot bewies ein weiteres Mal seinen Scharfblick und ließ dem Oberst keine Zeit, irgend etwas zu sagen. Er erhob sich, grüßte und sagte:

«Ich bringe Ihnen Neuigkeiten über Madame Redoux.»

Aber der Oberst, dessen Spannung sich schon löste, landete den Coup, den er vorbereitet hatte.

«Was haben Sie mit der Unglücklichen gemacht?»

«Nach Ansicht des ersten Arztes, der sie untersuchte», sagte Belot, als ob er auf ein Zeugnis liebevoller Fürsorge antwortete, «muß sie in der Klinik bleiben.»

«Und nach Ansicht des zweiten?»

«Es wird vielleicht wirklich einen zweiten geben. Ich zweifle aber, daß er seinem Kollegen widersprechen wird.»

Der Oberst befahl: «Setzen Sie sich.»

Er setzte sich auch. Er betrachtete die geschlossenen Läden und ihre leuchtenden Ritzen, den dunklen Salon und die weißen Überwürfe, die so wenig ähnlichen Porträts von Monsieur und Madame Moine, die schöne vergoldete Standuhr und deren sternförmiges Pendel, das genau und unnütz hin- und herging. Und dann noch dieser Mann und ich, die bald auf ihre Weise sterben werden. Überall sind nur Phantome. Schließlich antwortete er: «Sie haben mir aber gestern abend versichert, sie sei nicht mehr verrückt!»

Belot schüttelte den Kopf.

«Ich habe mich getäuscht.»

Immerhin hat dieser Polizist seine Pflicht erfüllt in einer Sache, die ich provoziert habe, dachte der Oberst. Seine Müdigkeit überwältigte ihn, und er wollte nicht allein sein. Hinter seinem Glasauge schlug ein verhaßter stechender Schmerz gegen seine Wangen, seine Stirn, sein Gehirn.

Belot sagte: «Jetzt redet sie in einem fort. Ihr Sohn, der sich weigert, ihr zuzuhören, geht vor ihrem Zimmer auf und ab. Er hat bei ihr geschlafen, in einem Sessel. Sie spricht mit jedem, mit der Krankenschwester, mit dem Arzt, mit mir, mit dem Mädchen, das ihr das Essen bringt. Während des Kriegs, von 1915 bis 1918, war sie die Geliebte des Sohns von Tronchet, sie hat ihn wie eine Wahnsinnige geliebt. 1919 ist er verschwunden ...»

«Schweigen Sie», sagte der Oberst kraftlos, «das kann mich nicht interessieren.»

«Oh», sagte Belot wie zur Entschuldigung, «das erlaubt, die Dinge im richtigen Licht zu sehn.»

Der Oberst schien überrascht. «Ist das Ihr Bemühen, im Ernst?»

Belot erklärte einfach: «Das ist mein Beruf.»

«Ihr Beruf sollte Sie veranlassen, sich um die anonymen Briefe zu kümmern, die die Tochter und die Mutter nacheinander erhalten haben! Wer hat die geschrieben? Xavier selber? Sein Vater? Einer ihrer Angestellten?»

«Oder einer ihrer Feinde?»

Der Oberst dachte plötzlich: der Doktor! Aber er fand die Hypothese abgeschmackt und diffamierend.

«Im Grunde», fuhr Belot fort, «wissen wir immer noch nicht, ob der Tronchetsohn das junge Mädchen nun wirklich geliebt hat. Vielleicht gibt es da eine dritte Frau, eine andere verlassene Geliebte, die sich rächen wollte?»

«Das alles nehmen Sie an?» sagte der Oberst traurig.

Belot ließ ein kleines Lachen hören. «Annehmen ist gut! Ich stelle fest.»

Der Oberst murmelte: «Das ist wahr, wir sind im Leben zu nichts gut als zum Feststellen ... Unser Unglück und das der andern, unsre Dummheiten und die der andern ...» Er legte die Hand auf sein Auge. «Ich wollte Sie etwas fragen, ich weiß nicht mehr was ... Ah, doch!» Die abgespannte Stimme gewann etwas von ihrer Angriffslust wieder. «Nach unserer Ankunft gestern haben Sie zusammen mit Ihrem Chauffeur ausgemacht, daß er den Springbrunnen auf Ihr Zeichen hin abstellen sollte. Das war wirklich eine Eingebung, eine Erleuchtung, ein Zauberstück! Ich wußte nicht, daß man bei der Polizei zaubert!»

«Es genügt, wenn man dazu bereit ist, Herr Oberst», sagte Belot ganz friedfertig. «Sie haben mir gesagt, daß der Springbrunnen seit dem Verschwinden der Kleinen Tag und Nacht lief. Also war da ein Zusammenhang zwischen den beiden Ereignissen. Aber welcher? Auf den ersten Blick konnte man schließen, daß einer unter den Bewohnern des Hauses so verstört war, daß er die Stille nicht ertragen konnte. Ich dachte also, der Springbrunnen könne dazu dienen ... Ich gab wenig darauf, glauben Sie mir! Man kann die Stille unerträglich finden und doch bloß traurig sein. Es stand eins zu tausend für meinen Trick. Und dann, als die Unterhaltung hitziger wurde, als die Nerven sich spannten, da sagte ich mir: versuchen wir's ... Wenn es statt des Springbrunnens ein im entscheidenden Moment aufgefundenes Tier oder ein im selben Augenblick gekaufter ausgefallener Gegenstand gewesen wäre, hätte ich die Wirkung genauso ausprobiert. Ich verdächtigte übrigens in dem Augenblick niemanden, das gebe ich in aller Bescheidenheit zu.»

«Und eins gegen tausend hat gewonnen», sagte der Oberst. «Wenn man nachdenkt, standen die Chancen besser.»

Belot beugte sich vor. «Darf ich Sie meinerseits etwas fragen? Was ist aus Monsieur Redoux geworden?»

Der Oberst gab die Frage zurück. «Was denken Sie, daß aus ihm geworden ist?»

«Er hätte sich umbringen können», sagte Belot und streichelte die Lehnen seines Sessels. «Das hat mich im Wagen beschäftigt, als ich Madame Redoux wegbrachte. Aber ich wußte ja, daß Sie da waren.»

«Ich war da», sagte der Oberst, «ich war da.» Er erhob sich, plötzlich gebeugt, und begann auf und ab zu gehn. «Glauben Sie, daß man jemandem auf Schritt und Tritt folgen kann, ohne daß er ...?» Er hob wütend die Schultern.

«Aber man hätte ihn doch gefunden, wenn er sich umgebracht hätte?» sagte Belot.

«Wenn nicht das Feuer ...» Der Oberst stand vor Belot. «Redoux ist tatsächlich tot, Monsieur. Gleich nach Ihrer Abfahrt hat er sich eine Kugel in den Kopf geschossen. Er ist jetzt nur noch ein kleiner Haufen Asche. Selbst das nicht. Ein bißchen Staub, vermischt mit dem Staub seiner Vergangenheit, seines ganzen Lebens!»

Belot hob betrübt den Kopf. Ein Leuchten ging über das Auge des Oberst, als er sich an seine Unterhaltung mit Picard erinnerte.

«Was den Brand selber angeht ...» begann er.

«Darüber wollte ich sprechen», sagte Belot. Er redete in einem nachsichtigen Ton. «Wir haben den jungen Mann laufenlassen.»

Der Oberst hatte seinen Marsch wiederaufgenommen. Blitzartig fuhr er auf seinen Besucher los.

«Wie!»

«Ich sage: wir haben den jungen Mann laufenlassen», wiederholte Belot mit unveränderter Stimme. «Sein Unglück war groß genug. Und dabei wußten wir nicht einmal, daß auch sein Vater ...»

«Aber Monsieur», rief der Oberst und schlug sich heftig gegen die Brust, «ich war das doch! Das Kind kann nichts für die Sache! Ich habe dieses höllische Haus gereinigt, ich, ich allein!»

«Nein, Herr Oberst», sagte Belot mit einem nachgiebigen Lächeln. «Ich war dort.»

Der Oberst schien sich mit einem Schlag zu beruhigen. In Wirklichkeit zog er sich in seine Verteidigungsstellung zurück, wie früher, wie jedesmal, wenn ein Gegner, den er besiegt zu haben glaubte, einen Verrat durchblicken ließ. Seine Stimme zitterte trotzdem.

«Sie waren da, Monsieur?»

Belot öffnete die Hände und legte sie auf die Sessellehnen.

«Ich bin zur Klinik gefahren und gleich wieder zurückgekommen. Ich habe den jungen Mann die Benzinkanister von der Garage ins Haus tragen sehn. Ich habe auch Sie gesehn, Herr Oberst. Ich habe Sie bewundert, wie Sie das Faß mit den fünfzig Litern aufgehoben haben. Sie waren Mittäter, zugegeben. Aber mehr nicht.»

«Schnüffelei!» sagte der Oberst mit größter Verachtung.

«Untersuchung», verbesserte Belot. «Sind Sie sicher, daß Sie sich auf Ihren zahlreichen Feldzügen niemals solcher Mittel bedient haben?»

«Aber Sie waren nicht weniger Komplize als ich! Sie haben sich dem Verbrechen nicht mehr entgegengestellt als ich!»

«Das ist wahr», sagte Belot. «Ich habe mich nicht den Regeln entsprechend verhalten. Mein Chef hat mir Absolution erteilt.»

Der Oberst wurde von einem Sturm der Bestürzung, Demütigung und Wut geschüttelt. Mit zusammengebissenen Zähnen und schrecklichem Blick flüsterte er: «Weil Ihr Chef im Bilde war?»

«Ich habe ihm gestern abend berichtet.»

«Dann wußte er also Bescheid, als er mich heute morgen empfing?»

Belot, immer noch völlig ruhig, antwortete: «Offensichtlich, Herr Oberst.»

Der Oberst platzte. «Gehen Sie! Gehen Sie, eh ich bis drei zähle! Nichts als Schnüffler sind Sie alle, niederträchtige, unverschämte Schnüffler! Machen Sie, daß Sie wegkommen! Ich schwöre Ihnen, daß Sie noch von mir hören werden!»

16

Von mir hören, dachte er, als er allein war. Was denn? Und eine solche Wut in meinem Alter, und wozu? Ich führe mich wie ein kleiner Junge auf, der wütend ist, weil er jemanden gefunden hat, der nicht so dumm ist wie er. Aber alle Welt ist nicht so dumm wie ich als Zivilist! Das war der Beweis. Ich bin zu nichts gut als zum Verschwinden.

Als er in sein Arbeitszimmer trat, kam er aus dem Dunkeln ins Licht. Licht. *Über das Licht:* das Werk, das er neulich abend – vorgestern abend – zu lesen angefangen hatte, ehe Zodium verschwunden war und alles ins Rollen kam, war immer noch da, auf der Tischecke mit dem Einband nach oben. Der Oberst nahm es und schlug es zu. Von dir erwarte ich nicht mehr, was du zu versprechen schienst. Er stellte es ins Regal zurück unter die andern Bücher, die er auch nicht lesen würde. Er zerriß langsam den Anfang seiner Erinnerungen. Was den Rest angeht ... Es kümmerte ihn nicht mehr. Ich bin an einem Ende angelangt, und das will heißen, daß etwas anderes beginnt, Etwas Anderes: groß geschrieben. Ich bin bereit. Er klingelte nach Antoinette.

«Würdest du Mammès holen, wenn er zu Haus ist?»

«Er ist zu Haus.»

«Dann geh. Ich muß mit euch beiden sprechen.»

Er sprach, ohne einen von beiden anzusehen.

«Ich bin sehr müde, Kinder, hört mir bitte zu und unterbrecht mich nicht. Ich habe mich entschlossen, wieder zurückzugehn. Mein Leben hier gefällt mir nicht. Auf jeden Fall möchte ich nichts behalten, weder das Haus noch die Möbel, nichts. Ich schenke es euch. Ruhe! Morgen werde ich zu einem Notar gehen. Natürlich will ich nicht, daß euch dieses Geschenk auch nur einen Pfennig kostet. Wir arrangieren das, er und ich. Ihr könnt mit diesem Haus machen, was ihr wollt. In einem Punkt bin ich mir bei euch zumindest sicher: es wird nicht in die unersättlichen Krallen der Tronchets geraten.»

«Das», sagte Hubert und trommelte mit den Fingern, «das soll er versuchen!»

Antoinette wandte sich ihm zu, ihr Kinn zitterte vor Kummer. «Du nimmst es also an?»

«Sébastien weiß, was er will», antwortete Hubert. «Oder, Sébastien? Wir, wir haben es genossen, dich wieder dazuhaben. Ich fühlte mich wieder jung, ich war zufrieden. Aber was soll's! Du willst wieder zurück, du gehst zurück. Du willst, daß wir dein Haus nehmen, gut, wir nehmen es. Wir werden hier nicht wohnen, das weißt du. Wir wären nicht bei uns, wir wären bei dir, und bei dir ohne dich, das kann keiner von uns verlangen. Wir werden es auch nicht vermieten, dann könnten wir's gleich anstecken. Würde es dir was ausmachen, wenn ich darauf eine Ferienkolonie für die Jungens aus meiner Partei machen würde? Ich weiß, das paßt nicht ganz zu deinen Überzeugungen ... kurz. Aber es geht um die Jungens, und den Tronchet wird das wurmen! Er ist imstand und wird darüber verrückt!»

Der Oberst lächelte auf eine Weise, daß Antoinette die Tränen nicht zurückhalten konnte.

«Mach eine Ferienkolonie daraus!» sagte er. «Das ist eine gute Idee! Und *Kolonie*, das ist ein hübscher Name ... Ich werde euch auch etwas Geld lassen, dann könntest du dich sogar ausbreiten. Versuch, das Land der ...» seine Stimme versagte einen Augenblick, «das Land der Redoux zu kaufen. Ich bin sicher, daß Pierre es nicht behalten will, und Tronchet wäre doppelt besiegt.»

«Warum Pierre?» fragte Mammès erstaunt. «Was ist mit Fernand?»

Der Oberst kreuzte die Hände und legte sie an den Kopf. «Fernand ist tot. Marie-Thérèse ist tot. Adrienne ist wahnsinnig. Georges ist weg und geht zur Armee. Pierre ist jetzt das Familienoberhaupt. Und eine Familie gibt es nicht mehr.»

«Mein Gott!» sagte Antoinette voller Schreck. «Ist das denn möglich?»

«Ich verstehe, daß dich das von hier wegjagt», sagte Hubert. «Du warst zu nah an dem allem dran.»

Antoinette zwang sich, eine Frage zu stellen, die ihr auf den Lippen brannte.

«Gehen Sie schon bald, Sébastien?»

«Sofort», antwortete er. Und er stand auf, um zu unterstreichen, wie bald er gehen würde.

Antoinette und Hubert standen mit einem Satz auf, als ob sie sich auf ihn stürzen wollten, um ihn zurückzuhalten. Aber sie blieben vor ihren Stühlen stehn.

«Sie haben nicht einmal gefrühstückt», sagte Antoinette.

«Mach mir zwei Brote, ich werde sie im Zug essen. Ich muß noch einen Brief schreiben und mein Bündel schnüren. Wenn ich früh genug nach Paris komme, werde ich den Notar noch heute aufsuchen, dann habe ich einen Tag gewonnen. Hubert, du paßt auf Zodium auf, ja?»

«Macht es Ihnen denn nichts aus, das alles zu verlassen?» fragte Antoinette unter Tränen. «All die Sachen von Madame Moine, die Bücher Ihres Vaters?» Sie wagte nicht zu sagen: «Und uns beide?»

«Wirst du endlich schweigen, du Idiotin!» stieß Hubert wütend hervor. Er wandte sich dem Oberst zu. «Eine Frau kann schon blöd sein, wenn sie sich in'was einmischt!»

Der Oberst antwortete mild: «Das kann auch sehr lieb sein ... Manchmal.»

Zodium leerte seinen Teller wie ein kleiner Vielfraß. Antoinette saß vor ihrem Teller mit verschränkten Armen und weinte. Mammès aß, trank und redete. Er hatte eine Menge getrunken, seit sie, nachdem sie die Villa abgeschlossen hatten, nach Haus zurückgekehrt waren.

«Was willst du denn, meine arme Alte? Sébastien ist einer, der Raum um sich braucht, die Pampa, die Steppe, das Hinterland. In seinem Alter ändert man sich nicht mehr. Siehst du dich als Concierge in Paris? Das war Sébastien in seinem Haus. Ich hab Seeleute im Ruhestand gekannt: sie hielt es so wenig wie ihn. Allerdings kannte ich auch andre, mit denen war's gerade andersherum. Ich werde dir erklären, warum: weil sie wider Willen Männer der Tat geworden waren. Ein Sébastien dagegen! Man mußte doch nur sehen, wie er stampfte, sich abmühte, das tat weh ... Soll ich dir was sagen, Antoinette? Der ist imstand und geht zur Legion! Ich kenne ihn! Rucksack auf, und ab in die Natur! Der macht es sogar als Unteroffizier, das sag ich dir! Und auf seine Weise wird er seinem Land weiter dienen! Das ist ein Kerl, der Sébastien!»

Er monologisierte so bis zum Nachtisch. Als er in einen Apfel biß und zum zehntenmal schloß: «Ein toller Kerl!», ging die Tür auf.

«Kann ich reinkommen?» fragte der junge Flamboin. Er kam vom Bahnhof und trug noch seine Uniform. «Da war der Oberst Moine, der hat mir gerade einen Brief für dich gegeben, als er den 532 nahm. Er hat mir gesagt: ‹Da ist ein Brief für Mammès. Er eilt nicht, du kannst ihn heut abend nach der Arbeit abgeben.›»

«So, hat er», sagte Hubert und streckte die Hand aus. «Antoinette, gib dem Jungen ein Glas.»

Flamboin ging wieder zur Tür.

«Danke», sagte er, «ich bin schon zu spät dran! Die Mutter wird immer so hitzig, wenn die Suppe kalt wird!»

Er lachte und verschwand.

«Mach bitte den Umschlag auf», bat Hubert Antoinette.

Sie riß ihn zitternd auf. Es war ein langer Brief, lang für den Oberst. Und während Mammès ihn leise las, drückte Antoinette beide Fäuste aufs Herz.

Mein alter Hubert,
ich habe Dich gerade noch einmal angelogen, als ich von meiner Abreise sprach. Aber nach allem, nein! Ich habe Euch gesagt, daß ich zurückgehen werde: das stimmt, ich gehe zurück. Ich habe Euch weder gesagt, wohin, noch wie. Ich hatte nicht den Mut, alte Streitigkeiten wieder aufzuwecken.

Es war einmal ein junges Mädchen, das ins Kloster gehen wollte. Statt sein Vorhaben zu verwirklichen, ist es gestorben. Unter denen, die dem Herrn dienen, ist also ein Platz frei. Den will ich einnehmen.

Ich schmeichelte mir, die menschliche Seele zu kennen. In dem, was ich im Ruhestand tat, in Zivil, fühlte ich mich von einer Hand geführt, die nicht von dieser Welt ist. Ich bin mir da nicht mehr sicher. Ich weiß nicht mehr. Ich verstehe nichts von den Menschen. Aber ich bin noch fähig, für sie zu beten.

Ich hoffe, daß man mich in dem Haus Gottes, in das ich gehen will, zuerst den Boden putzen lassen wird. Das wird mir das Kreuz geschmeidig machen.

Ich will keine Lügen mehr hören und will nicht mehr lügen. Ich will nicht mehr, daß man mich für einen Felsen hält, während ich im Grunde ein Haufen Heu bin wie alle Welt, sowohl auszutrocknen wie zu verfaulen bereit unter der Sonne oder im Unwetter. Ich will nicht länger Anweisungen geben und kommandieren. Ich will gehorchen.

Ich will den Traum meiner Jugend verwirklichen. Gott ist wahrhaft gut. Könntet Ihr doch eines Tages dieser Güte nicht widerstehen! Dann würdet Ihr das Herz Eures alten Freundes mit ungeheurer Freude erfüllen.

Moine

Hubert legte den Brief auf den Tisch und zog seine Tabakdose zu sich heran.

«Kann ich ihn lesen?» fragte Antoinette schüchtern.

Er zuckte die Schultern. «Er ist ebenso für dich wie für mich», sagte er. Er stieß die Tabakdose heftig von sich. «Ich leg mich schlafen.»

Als Antoinette etwas später hinaufging, merkte sie an der Stille, die das Zimmer füllte, daß Hubert nicht schlief. Sie zog sich tastend aus und schlüpfte ins Bett. Dort lag sie reglos auf dem Rücken, mit offnen Augen. Man hörte das Ticktack der Standuhr im Erdgeschoß. Zodium schnüffelte durch das neue, unbekannte Zimmer. Er blieb stehn.

«Heda», machte Hubert.

«Was ist?» fragte Antoinette.

«Mein Arm hing runter, der Köter hat mir die Hand geleckt.»

Wieder Schweigen.

«Hast du ihn gelesen?» fragte Hubert.

«Ja.»

«Das soll doch alles der Henker holen!» sagte er voll Bitterkeit. «Man hält die Menschen immer für besser, als sie sind!»

«Aber Hubert!»

«Was Hubert! Ich dachte, das, was ihn leiden ließ, war, daß er nicht mehr in der Armee ist. Daß ihn hier die Tronchets, die Redoux, der Pfarrer und ich weiß nicht wer mit ihren kleinen schmutzigen Geschichten angeekelt haben. Daß er dahin zurückkehren wollte, wo er die Leute glücklich gemacht hatte, und daß er sie weiter glücklich machen wollte. Ohne das, warum ist er dann nicht trotz allem mutig und wie ein Mann geblieben? Wenigstens einen hätte es auch hier gegeben, den er glücklich hätte machen können.» Huberts Stimme schwankte. «Mich nämlich. Und dich. Statt dessen hängt er sich eine Kutte um, die er jedesmal hochheben muß, wenn er sich damit vergnügt, den Boden aufzuwischen. Weil er wie jeder ist, läßt er jeden fallen, er will ‹für uns beten›, hübsch ruhig in seinem kleinen Winkel. Wenn ich ihn nicht liebte, würde ich sagen, er ist ein Feigling. Jedenfalls ist er ein merkwürdiger Egoist ...»

«Schweig, Hubert», schluchzte Antoinette. «Du kannst das nicht verstehn.»

Hubert antwortete nichts. Unruhig rutschte sie zu ihm hin. Seine Wange war feucht. Sie nahm ihn in die Arme und sagte ihm ins Ohr: «Auch ich versteh ihn nicht mehr.»

An einem Morgen der darauffolgenden Woche rief der Kriegsminister seinen Abteilungsleiter für Zivilfragen zu sich – den zog er dem fürs Militärische vor.

«Ich habe eine drollige Neuigkeit für Sie, mein guter Freund. Monsieur Moine tritt in einen Orden ein!»

Sie machten alle Wortspiele, die das Ereignis verlangte. Schließlich sagte der Minister: «Sie werden eine Mitteilung an die Presse geben. Selbstverständlich ohne Quellenangabe. So etwas wie ...»

Der Abteilungsleiter nahm seinen Notizblock. Der Minister strich sich mehrmals über seine lange Nase, hielt sich, ohne es zu merken, daran fest und diktierte dann mit dem Ton einer verstopften Trompete:

«Wir erfahren, daß Oberst Moine, der Sieger von L., der Bezwinger der Berge von O., der würdige Nachfolger der Erbauer unseres Reichs, den eine unglücklicherweise durch seine heroischen Taten angegriffene Gesundheit zwang, vorzeitig in sein geliebtes Vaterland zurückzukehren, in einen Orden eingetreten ist. Zum Preis für seine hervorragenden Verdienste wird er in den Rang eines Kommandeurs der Ehrenlegion erhoben.»

Der Minister ließ seine Nase wieder frei.

«Sie werden das hinkriegen», sagte er, «bei mir wird das immer zu schwerfällig.» Er rieb sich kräftig die Hände und schloß: «Und damit sind wir endlich unsern berühmten Querkopf los!»

Dorothy L. Sayers

Der Mann mit den Kupferfingern
«Lord Peter Views the Body» (5647)

Der Glocken Schlag
«The Nine Tailors» (4547)

Fünf falsche Fährten
«The Five Red Herrings» (4614)

Keines natürlichen Todes
«Unnatural Death» (4703)

Diskrete Zeugen
«Clouds of Witness» (4783)

Mord braucht Reklame
«Murder must Advertise» (4895)

Starkes Gift
«Strong Poison» (4962)

Zur fraglichen Stunde
«Have His Carcase» (5077)

Ärger im Bellona-Club
«The Unpleasantness at the Bellona Club» (5179)

Aufruhr in Oxford
«Goudy Night» (5271)

Die Akte Harrison
«The Documents in the Case» (5418)

Ein Toter zu wenig
«Whose Body?» (5496)

Hochzeit kommt vor dem Fall
«Busman's Honeymoon» (5599)

rororo

C 1070/6

Peter O'Donnell

Modesty Blaise

Die tödliche Lady
rororo 1115

Die Lady bittet ins Jenseits
rororo 1184

Die Lady reitet der Teufel
rororo 1304

Ein Gorilla für die Lady
rororo 1493

Die Goldfalle
rororo 1805

Die Lady macht Geschichten
rororo 1977

Die silberne Lady
rororo 4171

Heiße Nächte für die Lady
rororo 4404

Die Lady fliegt auf Drachen
rororo 4868

Die Lady will es anders
rororo 5158

Die Lady spannt den Bogen
rororo 5588

ro ro ro

C 522/13